不村家奇譚

ある憑きもの一族の年代記

彩藤アザミ

新潮社

目次

装画　木原未沙紀

不村家奇譚

ある憑きもの一族の年代記

水憑き

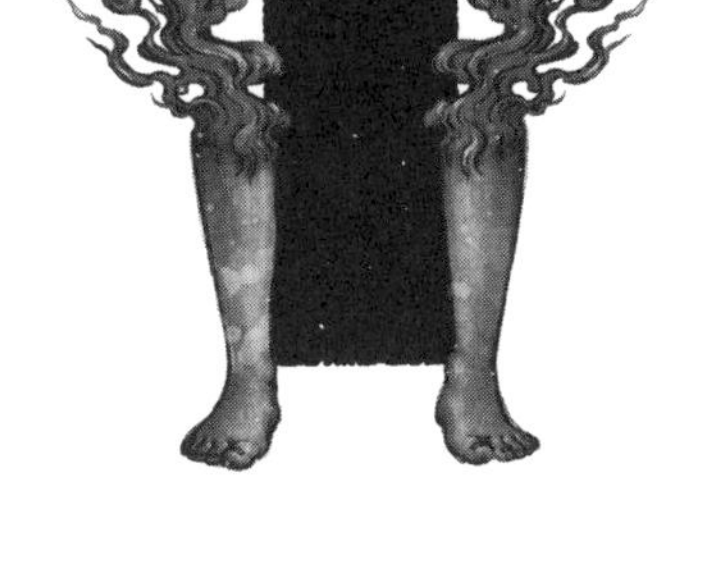

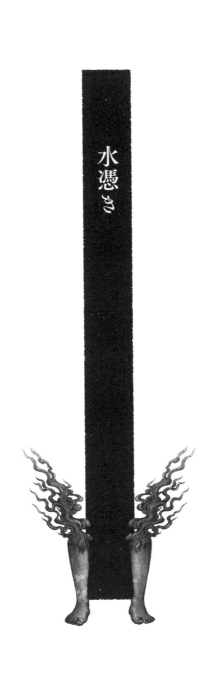

厭だ、厭だ、と泣いていた。

そったなわげのわがんねぇ家へ行ぐのは、おらぁ厭だ。


スヱは赤く腫らした目蓋を擦り、細い脚で仰向けになったまま畳を蹴った。雪国の少女は肌こそ白いが、寒風の田畑に降りるため手足の膚《はだ》は厚く、春になってもあかぎれの痕が深く残った。そのうえ、鼻にかかる濁音は酷く泥臭い。

少女の回りでは、鼬《いたち》に似た小動物たちが押し合うように丸まっていた。いつも裸足のスヱが風邪を引かぬのは、この毛皮のおかげだった。

七十五匹に増える前にスヱをどこかへやらねば。まっとうな家は飯綱《いづな》憑きの家と縁組などしない。だから相手はそう選べるものではない。そう、母は言った。

「向ごうは何がいるの。狗《いぬ》か？　狐狸か？」

「わがらねぇ」

なしてぇ、とスヱはなおも喚く。

母は眉を顰めた。彼女にもよくわかっていないようだった。

否、誰にもわからなかったのだ。

不村《ふむら》家は他の憑きもの筋とは違う一族だった。

何が憑いているのか、忘れてしまうほどに旧《ふる》い。

彼らは自らを「水憑き」と名乗っていた。

余所からの女が連れてきた霊も、流されてけして根付かない。

そうして佐山スヱは十七で不村家へ入った。

後年、不村邸を壊滅させる大火災で死ぬ日まで、人生のほとんどを家業に捧げることになる。

スヱは朝な夕な、見事な庭園に出ては碑《いしぶみ》に手を合わせたという。

「恐え、恐え……。だども、おめらみな可哀そうだなはん」

ぴちっ……、ぴしゃ……。

碑の後ろから、水の跳ねる音がした。

奇妙なことに、不村家の奉公人は、すべて異形の者だった。

——一八九八年　春
東北某県、佐山家にて

さんざしの犬

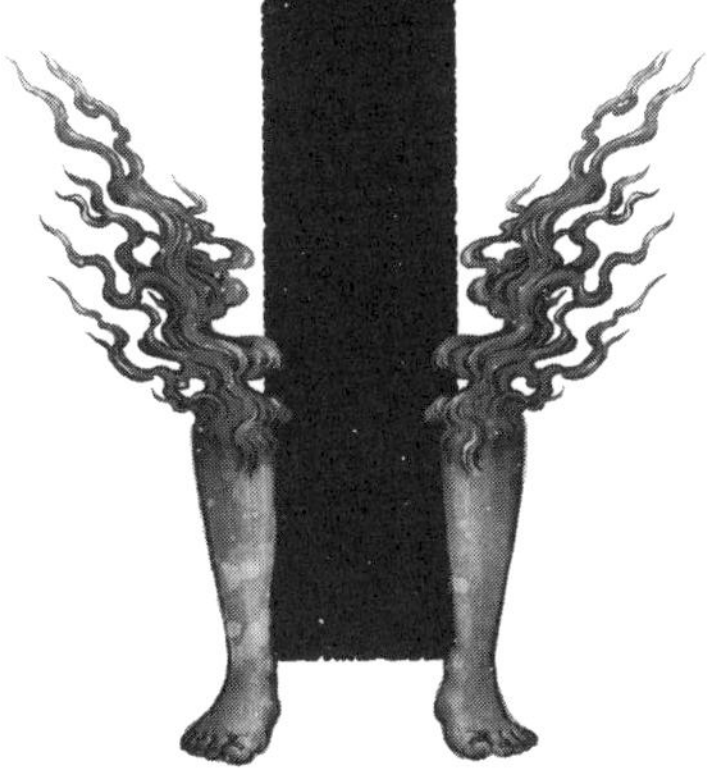

思い出せますでしょうか、あのいきれた草の匂い。
築山を越えた向こうに旧《ふる》い碑《いしぶみ》があって、白木蓮の樹が囲むように植わっている。
春には三日だけ空を隠した葩《はなびら》が、回りながら落ちて積もる。その腐るときの息遣い。

あぁ、揺れますね。
とても、お暑うございますね……。

＊＊＊

山奥のそこが、なんという名の土地かすら、あのころはよくわかっておりませんでした。お屋敷のあるのは仲町、お店や学校のあるのは泉町。それだけ知っていれば不便はございませんでしたから。一緒に働く仲間もほとんどがそうだったでしょう。子どものような躰をした年よりの重《しげ》さんも、毛むくじゃらの弥々《やや》ねえも。僕の父は首の短い唖で、母は岩のような膚《はだ》に粉を浮かした、それはそれは醜い女でございました。生まれた時分からそのような中に混じっておりましたので、長いこと、人間というのはそれぞれが色んな姿をしているものだと思っていたのでございます。
不村《ふむら》家の方々を見ても、大奥さまがしわくちゃなのはお年を召しておいでだからではなく、生まれつきなのだと思っておりましたし、不二宥《ふじひろ》さまの背骨が真っ直ぐなのも、重さんと比べてどちらが当たり前かなど、考えたことがなかったのでございます。ですから、僕が久緒《ひさお》さまへ初めに抱いたのは、おこがましくも「自分と似ている」という親近感だったのでしょう。

眠れない夜に母が話してくれたことがございます。そのとき初めて知ったのです。不村家がかたわ者を蒐めているのだということ。

「どうして、かたわでないといけないの？」

「さぁねぇ……」母は僕が余計な疑問を持つのを嫌っておりました。「珍しいものがお好きだったのよ。昔はお金が余っていたから」

「今はお金がないの？」「畑がないのだもの。全部、お国にとられてしまったから」「どうして？」「もう質問はいけません。お前は節制して、うんと働けばいいのよ」

当時の農地改革のことも、幼い僕は知る由もなく、かつて小作人だった百姓たちの冷たさも理不尽としか思えなかったのでございます。

「お前がここに置いてもらっているのはね、お慈悲をいただいたおかげなのよ。本当は生まれてすぐ、どちらの親にも似ていないとわかって、奥さまが里子へ出せと言ったのだけれど、大奥さまがお許しくださったの」

そんなことを聞かされ肩身が狭くなったものでございました。本当なら僕はこの閑かな庭から追い出されて、意地悪な百姓たちと田畑の泥にまみれているべき人間だったのかと。

「どうして僕だけかたわでないの？」

「泣くことなんてあるかいな。お前、お前は本当に幸せなのよ。馬鹿なことを言うんじゃない……」

では、あのお方も幸せなのだろうか。僕は何かにつけて久緒さまに結びつけるくせがございました。とうに自分と比べるようなお相手ではないと理解しておりましたが、それでも心に浮かぶのです。

　僕は四つのころから、父に倣って園丁の真似事をしておりましたが、幼い子にできることは少なく、鋏を握るでもなし、刈った葉を掃いたりするばかりで……、だんだんと弥々ねえたちのお手伝いでお屋敷へ上がることが多くなりました。久緒さまは僕をいないものかのように無視なさいましたので、記憶の中には廊下を去っていく後ろ姿ばかりが残っております。そうされると安堵を覚えたものでございました。もし微笑みかけられでもしたら、どうしたらいいのかわからなくなってしまったでしょうから。

「菊《きく》ちゃん、あなた何かしたの？」

　黒々とした濃い体毛に覆われた手を僕の頭に置き、弥々ねえが尋ねてきました。

「まさか。僕は、なんにも」本当は後ろめたいような気がしていたのです。

「きっと何かお気に障ったのよ、久緒さまは機嫌のお悪いときは急に睨んでくるんだから」

　見つめていることを気取られているのだ。という心当たりが、僕にはちゃんとございました。

「僕は喋ったことがないから、わかりません」

「なら、お気をつけなさい。そのうちわかるんだから」

　お屋敷の中では、僕はいつになっても道に迷ってよく同じところを歩き回っていました。奥座敷は同じ柄の襖が並んでいまして、……信じていただけないかもしれませんが、毎度道が変わったのです。襖を開けるといきなり人がいることもありました。僕は恐る恐る道を尋ねるのです。固く絞った雑巾で畳を拭いていたおかめ女は、指を差して道を示してくれました。六本指の男は、無言で僕の手を引いて、見慣れた廊下まで連れ出してくれました。そういった人たちとは一度会ったきり、二度と会うことはありませんでした。誰に訊いてみても、彼らを知る者はいないのです。

「お前、死んだやつらを見たんじゃねえの」

そう嗤って僕を蹴ったのは、上唇の歪んだ、庄吉《しょうきち》さんという若者です。ええ……あのあと、お金を盗んで誰より早く逃げたという、あの人でございますよ……。

「おやめなさいよ、菊ちゃんが恐がっているでしょう」

庄吉さんは弥々ねえの頬の毛を引っこ抜いて、けっけと笑みを浮かべました。

「どうやったら迷子になれるんだ。可哀想に。お前、白痴なんだよ」

弥々ねえは「菊ちゃんは違うわ」と言いますが、庄吉さんは僕の髪を掴み、頭をがくんと揺すりました。

「『不村のお家はキチガイ趣味。不村の屋敷は化け物屋敷』……村の餓鬼どもが歌ってる。お前だってその一員なんだ」

そう言い捨てて彼が去ったあと、弥々ねえは僕を抱き締めてくれました。

「庄吉さんは、あとで千宇《ちう》さんに叱ってもらいましょうね」

千宇さんはおわかりになりますでしょう、女中頭の。彼女と僕のたった二人だけが、普通の奉公人で、久緒さまがお出かけになるときや学校の送り迎えなど、人目に触れるお供の役はいつもこの人がしておりましたね。

僕は「はくち」とはどういう意味なのか尋ねたかったのですが、きっと弥々ねえが哀しい顔をするだろうから口を閉ざしておりました。

＊＊＊

僕が七つのころ、二人目のお子さま、愛一郎《あいいちろう》さまがお生まれになりました。

その日の午后、縁側で休まれていた大奥さま――スヱさまの元へ、千宇さんが駆けつけて、「奥さまが産気付いた」と告げた声が、井戸端で釣瓶の縄を替えていた僕にも聞こえました。スヱさまは千宇さんに支えられて立ち上がり、「菊坊、久緒を呼んでおいで」振り返りもせずにおっしゃいました。

「まだ、学校にいらっしゃる時間です」

「連れておいで」

僕は外へ駆け出しました。

不村家の女性は代々お産を診ていて、村人の中で世話になっていないものは一人もおりません。ですからご一族はいくら疎まれようとも畏怖を持たれていたものでございます。不村かその傍流にかかれば必ず安産になると、遠くの名家から召されることもございました。助けられないのは、子がすでに息絶えていたときのみ。

それが〝水憑き〟の霊験です。僕もその手腕の生き証人と言えましょう。何せ僕は、かたわ同士の子だったのですから……無事に産まれてこられたのは奇跡に違いありません。

小学校へ着くと、久緒さまは校門前にある石階段の下で千宇さんの迎えを待っておりました。僕が近づき「奥さまが」と伝えると、久緒さまは黒い瞳を絞り、背嚢《はいのう》の肩紐を摑んだまま動かなくなりました。

「お厭なのでございますか」尋ねますと、久緒さまは僕の指先を摑んで歩き出されたのです。僕は急に不安になってしまって、しゃくり上げながらその手を握り返し、畦道の轍の左右を二人、並んで歩いていきました。

家中が俄かに騒がしくなっていました。出迎えた弥々ねえが久緒さまを促しましたが、久緒さまが僕の手をお離しにならないので、一緒にお部屋へ上がりました。

ご夫婦の寝間に近い八畳には湯の蒸気が満ちていました。布を嚙まされ、腕を押さえられた奥さまが真っ赤な顔で悲鳴を上げている。僕は恐くて恐くて、逃げ出してしまいたかった。

「久緒、こっちへ来い」襷がけをしたスヱさまは、奥さまの膝の間に坐していらっしゃいました。久緒さまは桶の湯で手を洗い、言われる通りに覗き込んだり、手を貸したりしていらした。汗みずくの横顔を、引き結んだ唇を、僕はいつしか恐怖も忘れて見入っておりました。

スヱさまの言葉の断片からは、成り行きが芳しくないことが悟れました。横たわる奥さまの側で久緒さまの背が沈んでいきます。

やがて産声が響きました。水から上がったかのようなお姿の奥さま――、比沙子《ひさこ》さまはうわごとにあえいでいらした。

柔らかいガーゼの上に置かれた赤ん坊を、みなが絶句して見下ろしました。

ご子息には膝から下がなかったのでございます。

「比沙子には言うな」スヱさまが小声でおっしゃいました。「不二宥はどこだ、みなを集めよ」

赤ん坊は紡錘形に固く包まれ、奥さまのお布団へ入れられました。奥さまは眠る息子へ頰擦りして満ち足りたようすでいらっしゃいました。お二人の幸福そうな寝顔に、僕は胸に熱いものが込み上げてくるのを感じたのでございます。

それから数時間のうちに奥さまは息を引き取られました。スヱさまだけが、もう助からないことを予見していらしたのでございます。一同を見渡し、スヱさまはおっしゃいました。

「いいか。この子は『神がかり』だ」

老婢たちの呼吸の漣《さざなみ》が寄せました。

「不村には数代に一度、生まれる前に躰を碑へお納めした子が生まれる。その子は他にない抜ん出た力を授かっている。大事に、大事にせねばならん」

一度にたくさんのご心労がかかったせいでしょう。久緒さまは卒倒されて、お母さまが……と力なく繰り返していらした。

大奥さまは音もなく深爪の片手を伸ばし、孫娘の目を塞ぐようにお手を添えられました。

「……やはり、お前は継がんでいい」

お気を取り戻した久緒さまが何か言う前に、スヱさまは僕の脇をすり抜けて部屋を出て行かれました。久緒さまは両手で顔を覆って、いつまでも声を押し殺していらっしゃいました。


神がかりの、愛一郎さま。

愛さまのことを心から祝っているのは、猛禽のような鋭い双眸を見開いた、旦那さま——不二宥さまだけ。奥さまの葬式を早々に出したあと、お庭を開放し、遠くから芸者と幇間を呼んでお酒が振舞われましたが、みな底冷えのするような笑みを浮かべておりました。

銘々がお庭のあちこちに固まるなか、僕は黒松の高いところへ登っておりました。酔った庄吉さんが僕を探していたからです。縁側では久緒さまが、乳母に抱かれる弟を優しい手つきで撫ぜていらっしゃるのが見えました。あの日以来、一層凛々しくなられた横顔は固い蕾のようでいらした。もうスヱさまに家業について教わることもなく、何事もなかったかのように、日々勉学とお稽古ごとにだけ励んでおられました。

「ようお喜びになって。あんな、私らのような……。可哀想に」

声は真下から聞こえました。

「他人の子は必ず五体満足に取り上げるのにねぇ」「神がかり、なんて言うけれど……。かたわ蒐めなんて、罰当たりなことをなさるから……」

――めずらしいものがお好きだったのよ。

「滅多なことを言うもんじゃないぞ」硬い声を出したのは重さんでした。「〝あわこさま〟が聞いていらっしゃる。あわこさまは、不村に仇なすものを赦さない」

下人たちはそろそろと散っていく。

あわこさま。今まで何度か耳にしたことのあったその名を改めて意識したのは、このときでございました。

一族に憑いた霊が、家を護り富ます。しかし粗末にすれば滅ぼしもする。

……そう、日本各地にあると言われている「憑きもの筋」というものでございますね。狗神《いぬがみ》憑き、オサキ持ち、などが有名でしょう。僕のような者にはついぞ詳しく知らされることはありませんでしたが……。

＊＊＊

愛さまは生まれて間もないころから、よく脚の先を握っていらっしゃいました。自分が人と違うことが解っていらしたのです。あの方は恐るべき聡明さをお持ちでございましたね。首が座る前に言葉を発し、支えなしに座れるころには数の仕組みを解していらっしゃったのですから。不二宥さまは色々の玩具を買い与え、僕はよく乳母に言われて遊び相手をしに伺いました。

愛さまの部屋を目指して彷徨っていると、その日もまた道は変わり、初めて見る部屋が現れたのです。客間とは違い、生活の跡が見えるお部屋。文机には小学校の教科書とおはじき。僕はかあっと耳を熱くして立ち尽くしました。

百科事典が目に入り、僕は「は」行の巻をそおっと引き抜いてページを泳がせました。この中からいったいどうやって目当ての言葉を見つけたらよいのだろう？　ご承知の通り、僕は小学校には数えるほどしか行ったことがございません。あの辺りの農家では同じような子がいくらかおりましたが、そういうのは大変な時代錯誤だったようですね。何ぶん、東北の山奥でございましたから。

ふと顔を上げたときでございました。向かいの襖がひとりでに動き、閉まる間際に小さな足裏が見えたのでございます。回りの部屋から、ぺたぺたぺた……と裸足で歩き回る音が重なって、真後ろの襖が滑る……。

鏡台に僕の後ろが映っておりました。見てはいけない、そう思ったのに目が吸い寄せられる。そこに立っていたのは赤ん坊の脚でした。小さな二本脚が、よろりと踏み出したのです。膝から上は何もありません。骨と真っ赤な切り口が見えました。そこからねばつく血が、滴《したた》り落ちて来たのです。

僕は叫び声を上げて畳を転がりました。肘膝をついて逃げ出すと、脚は一歩ずつ近づいてきます。ぺった、ぺった、おぼつかない足取り。僕は全身から脂汗を噴き出し、呼吸を荒げ、頭が回らなくなって……、しかし眼前にそれが立ちはだかったとき、襖を打ち破らんばかりに飛び込んで来た方がいたのです。

――菊……！

襟首を摑まれ、暗い廊下を一緒に逃げました。重い気配が消え去ると、久緒さまは歩を緩め息を切らしていらした。光る唇や頰にはらはらとかかる後れ毛を、僕は凝視しておりました。

「――僕の名前、覚えていらしたんですか？」

久緒さまは眉根を寄せて、床の木目に視線を落としたまま何もおっしゃいません。

角から大奥さまが現れ「お前、どうして中へ入ってきた」と僕の姿に驚きました。久緒さまは止める間もなく去ってしまわれたので、一人、事情をお話ししますと、スヱさまは女中たちが僕を奥の仕事に使っていることを知らなかったようで、溜息を吐かれました。

「いいか、もう一人で上がるな。お前だけは一人で奥を歩いたらいかん。必ず誰かと一緒にいろ。またあわこさまが来るぞ」

あの幼い脚だけの、血を流したものが、あわこさま？

「お前を追って来るぞ。お前を嫌っている、お前を憎んでいる」

大奥さまの剣幕に気圧されたものの、疑問はとめどなく溢れて参ります。僕は何をした覚えもございません。

「あわこさまは愛一郎の脚を喰ったから、その形をとって現れたんだ……」

そしてスヱさまは、故郷の訛りのある早口でぶつぶつと呟きながら廊下を引き返して行こうとされたので、僕は勇気を奮って訴えました。

「奥の間が迷路みたいになるんです。僕が一人でいるときだけ……。そこで知らない人に会うんです」

　スヱさまは遠くを見るような目で尋ねてこられました。「どんな？」「おかめみたいな女の人や、六本指の男の人です」「それはスガと六市《ろくいち》だ。ずっと昔に死んだやつらよ。まぁだここにいるんだぁな……あいつらも、お前が羨ましいのかねぇ」庄吉さんの言葉は、あっさりと肯定されてしまいました。

「いいか、次おかしなことがあったら、とにかく表へ出ろ。あわこさまは、屋敷の外へは出られないから。だがあわこさまを怒らしたらならんぞ。お前はただでさえ……」

　スヱさまは、そこまで言うと、思い直したのか「早う」と歩き出しました。

「菊坊、お前、ちゃあんといしぶみを拝んでおき」「いしぶみ？」「庭に立っとる碑。お前のお父さんが毎朝よぉ磨いてくれとる。あれは無念の塚だ。祟りはしないが業が溜まる。何百年も前から降り積もった、不村の業がな……」

＊＊＊

　愛さまと仲良くなれたのは、あの方が三つのころでしょうか。よく久緒さまの学校の本を隠れてお読みになっていらした。

「どうして秘密になさるのですか？　お願いすればきっと貸してくださいますよ」

「お父さまが買ってくれた絵本をほっぽって他の本を読むのは気が引けるじゃあないか」

　愛さまは饒舌でございました。

「どの絵本も、きっと高いよ。あれらはもう面白くないなんて言えないだろう？　ねぇ菊、秘密にしておくれよ。そうだ、これは菊にやろう」

　愛さまは、僕の手に収まるほどに小さい一冊の本を差し出しました。本といっても、横長の厚紙が蛇腹折りにされたもので、ぱたぱたと捲って読む、短いお話のようでした。ヤマモモの大きな樹に一羽の鴉が止まり、足元に狐が集まっている絵が、たくさんの色で描かれているのです。

「これ、『ヤマモモ落とし』ですか？」

　それはあの地に伝わる民話でございました。不二宥さまはご自分にも馴染みの深い、このお話の絵本を見つけ、愛さまにお与えになったのでしょう。

「眺めているだけでも勉強になるさ」

「いいえ、僕には勉強なんて過ぎたことです。でも、ありがとうございます。こんなに綺麗なものを……僕、ヤマモモは見たことがないんです」

　愛さまは僕に字を教えたかったのでしょうか？　ふっくらとした頬に押し上げられた弓なりの目蓋は紛れもなく幼子のそれなのに、瞳の奥は底知れない。

　内緒で本を借りに行くとき、僕は「題が読めないから」と言って、いつも愛一郎さまを抱っこして久緒さまのお部屋へ忍びました。本当は一人にならないためでございます。

　けれど僕以外にも「旦那さまがあんなに可愛がっている息子を怒るものか」と思った者がいたようで、この秘密はあえなく知れ渡ってしまったのでございます。僕はどことなく、それがよくないことのような気がしておりました。

　その日からでございましたね。久緒さまが夜明けに起きて、ますますお勉強なさるようになったのは。無理もございません。あのお産の日から久緒さまのお心には、スヱさまのお言葉がずっと引っかかっていたのでしょう。せめて学業に励もうとされたのか、学校でもいつも一番でいらっしゃいました。

……ええ、ええ、よく存じておりますとも。明け方、空気を入れ替えに雨戸を開くお姿を、そのまま机に向かうところを、植木の陰で息を殺して何度も眺めておりましたので……。そのうち僕は縁の下へ潜ってお目覚めになるのを待つようになったのです。意識を集中すると、床板の軋みに久緒さまの動きがわかるようになりました。

縁の下にいるとき、様々な考え事をしました。お金がないとはどういうことか。幼かったころよりもそれは肌で感じられました。戦争が終わったら電気を引こうというお話も、立ち消えになっていた。しかし誰一人暇を出されることはなかったのです。ご家族のみなさまは、本当に僕らを大事にしてくださった。あの辺り一帯の土地は長いこと不村家のものにございましたでしょう。重さんも言っておりました。「貸し与えていたのだから、感謝されこそすれ疎まれるいわれなどない」と。……あぁ、あの人も、とても気のいいおじいさんだった。

国のしたことは、泥棒と何が変わりましょうか。小作人たちは大きな力に与して「俺たちは奴隷じゃない」などと言いだした。「市民平等」「解放万歳」……。

……平等！

あぁ、人が平等なわけがない！

そんな浅ましいことがあってたまるものか。

僕は恐ろしかったのです。僕たちの光が貶められてしまうのが。そのことを考えると、みぞおちの辺りが重くなって何も手につかなくなってしまったのです。高貴の方々が珍しい人間を愛でることは、なんとも無邪気なことではございませんか。一体何が、ならぬというのでしょう。

……あぁ、お話が逸れてしまいましたね。
続けましょうか。せっかく順に思い返してきたのですから……。

＊＊＊

千宇さんが遠くの町へ用があるというので、代わりに小学校への送り迎えをする役を申し付けられた日。久緒さまはやはり僕が見えていないかのように、足早に家を出ていかれ、僕はそのあとを黙ってついて歩き、学童服の黒い肩を、揺れるスカートの裾を焼き切れるほど見つめておりました。校門へ消えるのを見届けてから、僕は来た道を引き返しました。教師と顔を合わせたら学校へ来るように説得しようとしてくるから、見つからないようにと言いつけられておりましたので……。

午后、お迎えに上がった僕は石階段で膝を抱え、北風に躰を縮こめておりました。放課の鐘が鳴ると、黒髪に針の冠を揺らし、久緒さまが出ていらした。ですがその頭に丸めた紙くずが飛んできたのです。二つ、三つ増え、男児の集団が続きました。三人が久緒さまの前に回りこみ、他の子どもたちも囃し立てます。一人の男児が片腕をカッターシャツの身ごろに仕舞いこんでよたよたと歩くと、どっと笑いが起こって……、これ以上はやめましょうか。

僕は気付けば一番背の高い男児に飛びかかっていました。押し返され、地面に転がされてしまいましたが、男児の脛へ嚙みつきました。「痛ぇ！」と顔のすぐ横へ靴底が落ちて来て、加勢した何本もの脚に蹴飛ばされ……。

やっと起き上がって彼らを睨みつけますと、強烈な平手の一撃が。

頭が真っ白になりました。僕を殴ったのは久緒さまだったのですから。

あっけにとられる子どもたちを尻目に、久緒さまは校門へ歩いていかれました。

「ちび、お前不村家のやつか」

「………」

男児たちが取り囲む。

「お前はどこがかたわなんだよ」

「………」

「お前はなんだ。え？　聞こえないのか？　お、ま、え、は……」

「違う！」

走り出すと礫《つぶて》が追ってきました。久緒さまに追いついた僕は、石を投げ返してやろうと振り返ったのですが、それが間違いでございました。目をお離ししてはいけなかった。……言いわけのようでございますね。いいえ、いいえ、本当に僕のせいなのです。やつらを振り返ったとき、石の上を滑る靴音がして、久緒さまは声一つ上げず転がり落ちていかれたのですから。

子どもたちは言葉を失い、一人動いたら我先に逃げていきました。倒れた久緒さまの髪や広がる裾を踏みつけて。僕は駆け寄るも何もできず、膝をつくばかりでした。

すぐに騒ぎを聞きつけた若い男の教師がやってきました。

教師は脂汗を浮かす久緒さまをいとも簡単にひっくり返して抱きかかえ、階段を上っていきました。

その姿に、僕は胸の奥が軋むのを感じたのです。

僕はどうしてあの方よりあとに生まれたのだろうと。

脛のお骨に罅《ひび》が入ってしまったけれど、そう酷いものではなかったのは幸いでございました。僕は千宇さんに呼び出され、静かに怒られました。

「久緒さまは、足を踏み外したと言っていらしたけれど……」

「違います。学校のやつらに追い立てられたせいなんです」

「そう」思慮深そうな憂いの眼差しで、彼女は僕の顔の前に人差し指を立てました。「――では、ないのよ。久緒さまが違うとおっしゃるなら、お前が『違う』なんて言ってはならない。わたしたちは弁えなければならないの」「……でも」「久緒さまが秘密にしたいことなのだから」「千宇さんはずっと、知っていたんですか？」

彼女は哀しげな顔をしました。

「菊太郎《きくたろう》。お前は自分がなぜ殴られたか解る？」

久緒さまは学校へ行かぬようになりました。

「菊ちゃん、あれを切って持っていっておやりよ」老婢が庭の寒牡丹を指差しました。前に、久緒さまがお好きだとおっしゃっていた花でした。父も快く花を切ってくれましたが、僕はわがままな子どもでございました。

「厭です。厭ですよ」「いいからお行き。子ども同士打ち解けてさしあげればいいのよ。お話し相手になっておいで」「そうよ、久緒さまは私らが来ても、むすっとしてばっかりなんだから」

「厭だ……！」押し付けられた花瓶を胸に足踏みしましたけれど、父に怒られて、結局お部屋の前まで連れて来られました。老婢が戻り一人になって、泣きそうになりながら立ち尽くしておりますと、厭な気配と共に廊下の奥からまたあの音が聞こえたのです。裸足の足音。意を決してそちらを見ると、音はぴたりと止みました。

廊下はしんとしています。視線を戻すとまた音がして、まるで「だるまさんが転んだ」のように、だんだん近づいてくるのです。

これ以上一人でいてはならない。僕は襖に手をかけました。ふっと、重苦しい圧が解ける。


久緒さまは肘置きに凭れて気だるげに「それはしゃくやく？」と問われました。

腋の下に汗が噴き出して、手の中の赤色だけを見ながら、「牡丹です」と答えました。床の間の萎えた花瓶と取り替えて、もう行こう、早く、もう行こう、走って逃げればさっきの足音にも追いつかれないはず。そう思ったのに「牡丹としゃくやくと、どう違うの」と訊かれましたので、僕は向き直り、頭を下げたまま声を出しました。

「……庭を、思い出せますか。たくさん生えている低い草がしゃくやくで、夏の初めに咲きます。東の端に一本だけある樹に、大きく咲くのが寒牡丹です」「そう、切ってしまうとわからないわね」なぜ、みなは僕にこんな厚かましい真似をさせたのだ。お好きだといっても元より区別がつかぬ程度なのです。

「菊や」と呼ばれました。罅割れそうな喉で、僕は「はい」と膝を滑らせました。「お前たちと私はどう違うの」

「お前たち」というのは、奉公人たちのことだろうか。それとも村の子どもたちのことだろうか。自分はどちらに属するのだろう。

久緒さまは鈍痛を紛らすように添木のされた右脚をさすっていらっしゃったので、僕は無意識に手を伸ばしておりました。あのとき自分が何を思ってそうしたのかは、本当に覚えていないのです。「あぁ、暖かい」鈴を転がすようなお声を耳にして、遅れて手汗が噴き出したのですから。ぎこちなく離しかけた指先を、僕はまた包帯の上へ這わせました。そろりそろりと冷え切った裸足の指を両手で包むと、手の平からすうっと熱が奪われました。「左も」と久緒さまがおっしゃったので、右のお足から手を離したら、足指がとんと僕の膝を蹴ってきました。迷った末に僕は姿勢を低くして両足首を胸に抱き締めました。心臓まで刺すような冷気は、気持ちのいいような不思議な感覚を引き起こしました。

それから、久緒さまは僕を湯たんぽにするようになったのでございます。

「足が、冷たいのよ」

呼ばれるたび、僕はお部屋へ忍び込み、それは怪我が治ってからも続き、冬場など毎晩のように、寝つかれるまで布団の足元へ潜って温めるようになったのでございます。

息苦しい中で、指の股からさんざしの実に似た汗の匂いがしていらした。久緒さまは僕の首や頬が温かいとお笑いになって足裏を押し付けてきましたが、口の中が一番温かいとお気付きになるのにそう時間はかかりませんでした。

＊＊＊

あの日、久緒さまを運んだのは唐木《からき》という担任教師だったそうで、やがて彼が訪ねてきました。日焼けして、まめに散髪しているようなさっぱりした頭に、豊かに筋肉の張った赤い腕や首を惜しげなく曝した精悍な男でした。

「素敵ね。お話に聞いていた通り」

あのころは「学校の先生」といったら大層な人のように扱われておりましたから、弥々ねえは曲がり角から盗み見てはしゃいでおりましたが、自分の姿はけして見られないように気を配っていました。

「弥々ねえ。ちょっとついてきてくれませんか」「どこへ?」「来れば、わかりますから」一人で屋敷の奥へ入ってはいけないとスヱさまに言われたことや、一人でなければ迷わないことなど、弥々ねえにだけは事情を話していました。角へ差しかかると、「先生、お寒くありませんか」小さく千宇さんの声。「いいや、おかまいなく」断片的に会話が聞こえました。僕たちは千宇さんが去るまで角でやり過ごし、久緒さまの部屋の前へ行ったのです。

「……具合はどうだい?」

襖に耳を押し付けると中から男の声が響いてきました。弥々ねえは最初こそ呆れた顔でいましたが、やがていたずらっぽい笑みで僕と同じ姿勢をとりました。

「ねぇ、僕も混ぜてよ」

ささやく声に驚いて振り返ると、愛さまがいらっしゃいました。

愛さまは僕たちの間に這ってきて襖に耳をつけたのですが、微かな軋みに唐木は気付いたようでした。「家鳴りではないようだね。ははは、久緒さん、誰だと思う?」立ち上がる気配。「ばれちゃったや」「いやだわ、どうしましょう……」弥々ねえがわなわなと慄えると、愛さまは廊下を挟んだ向かいの部屋の襖を指さし「弥々」と鋭くおっしゃいます。

それからすぐ、唐木が襖を開いたのです。「うわぁ」と愛さまが、間延びした声でひっくり返って見せました。唐木は目を瞠りましたが、その驚きようは、ここに人がいることを予想していたにしては大きく、やはり初めて目にした愛さまの潰れた裾のせいだったのでしょう。床板に額をつけたとき、真後ろの襖が、間一髪でぴったりと閉まっていくのが見えました。

「やあ、君が久緒さんの弟だね」唐木は微笑み、愛さまは無邪気に腕を伸ばして挨拶しました。

「君たち二人ともお姉さんが気になって盗み聞きしていたわけか」

唐木は子どもたちのいたずらに快活に笑い、しゃがんで愛さまの両手を取りました。

「ごめんなさい。僕、学校へは行けないから、先生ってのが、どんな人かを見てみたくってさ。菊に抱っこさせてここへ来たんだよ」

流れるように出てくる嘘は、自分よりもずっと大人のようでした。

「そうかそうか、君は通えないものな……。本当ならもう何年生になる?」唐木は愛さまの話し方から歳を推察したのでしょうが、目の前の幼児が「僕、三つだよ」と答えると、三つ、と鸚鵡返しして自分の顎を撫でていました。

「よし、先生と遊ぼうか。君もおいで。あまり学校へ来ていない子だったね?」

久緒さまは始終黙っておいでしたけれど、唐木は愛一郎さまを抱っこして高い高いをしたり、僕にも気さくに冗談を言って打ち解けようとしたり――そうやって学校へ来たくなるようにしていたのでしょう――正直、悪い気はいたしませんでした。

唐木は農民だろうが乞食だろうが勉強は必要だと言って、勤勉な偉人の逸話を語りました。知識が増えることの楽しさを信じてやまないように。ものの数十分、話をしただけで、唐木は愛さまのご聡明さにも気付かれました。彼は話が上手く、あっという間に日が暮れておりました。

「すまないね。先生、すっかり君たちと遊ぶのに夢中になってしまった。久緒さんも、いつでもまた学校へおいでなさい。そうだ今度は君たちにも勉強を教えよう。次は何か本を持って来るからね」

礼に伏された久緒さまのお顔が、ほっと緩んだのがわかりました。僕は唐木に先んじて部屋の外へ立ちました。

廊下で唐木と二人きりになると、急にずおんと嫌な空気が伸《の》しかかりました。唐木も肌寒さだけは感じたのか、両手で自分の二の腕をさすりました。

「一人になってはいけない」とは言われていましたけれど、唐木がいるのにどうして……と、僕は辺りを見回しました。

「菊太郎くんは、遅れている分を何とかしなければね。本当は君のご両親……いや、久緒さんのお父さまにもお話ができるといいのだけど……」

僕は返事をしませんでした。僕が学校へ行っていないのは、旦那さまが悪いと言わんばかりなのが気に障ったのです。

ぺた、ぺた、と背後からあわこさまが近づいてくる。

「君はお父さまのあとを継ぐつもりなのかもしれないけれど……もう少し見聞を広げてから決めたっていいはずなんだよ。もう戦争は終わった。特権階級も消えた。日本中どんどん立ち直っている」

「先生……」と呼びかけるが彼は気付かない。足音に続いて、高い、唸り声のような音が聞こえたのです。

「これからは誰だって望んだものになれる時代だ。先生だって実家は富山の貧しい小作農家で、何にも実らない年はそれは苦しかった。けれど両親は僕を田んぼより学校へ行かせて……」

「先生……！」

唐木はやっと音に気付いたようでした。あわこさまに見られている。

「……なんだ？」

暗がりによろめく幼児の両下肢……。僕にははっきりそう見えたのですが、初めて見た唐木は、その姿を捉えようと目を擦っておりました。

「どなた、です……？」

――えあぁぁ、あぁぁん……。

方々から滲む、引き絞ったような高音。それは愛一郎さまの産声によく似ていました。僕が慄える手で、唐木の洋服を摑んだとき。

「――唐木先生」

千宇さんが現れ、途端に見えない重石は霧のように散っていったのです。僕たちのようすに目を瞬いた彼女は、踵を返し玄関へ教師を送っていきました。

唐木が見えなくなったあと、玄関に立つ千宇さんの隣へ、弥々ねえとその腕に抱かれた愛さまが現れました。弥々ねえは毛の下の顔を真っ赤に染めて「隠れてしまってごめんなさい」と僕たちに頭を下げました。

「お姉ちゃま、あまり唐木先生に会いたくないみたいだね」

細められた瞳は流砂のように、どこか乾いていた。愛さまは人の機微というものに敏感でいらっしゃいました。

入れ違いに、壺のように膨らんだ奇妙な影が這ってきました。弥々ねえは露骨に眉を顰めて廊下の端に寄ります。そう、壺彦《つぼひこ》です……。彫りの深い、異国の血の混じったような十四、五歳くらいに見える少年は、愛さまが下をのぞき込むと、犬のように腹を見せて寝転がりました。

「やあ壺彦」愛さまがお手を振りますが、弥々ねえは急ぎ足になりました。

「あとで遊ぼう、僕の部屋においで」愛さまが優しくおっしゃった。

二人がいなくなると、壺彦は腹ばいでこちらへやってきました。「教師は帰ったのかい」千宇さんが「ええ」と答える。壺彦は舌打ちをして僕らを睨み上げました。「お嬢さんを甘やかしすぎだよ」立ち上がった壺彦は、上手く立てないふりをして、千宇さんの腕に縋りつきました。彼は気に入った人間と僕が話しているといつも割り込んで来るのです。

廊下の奥を振り返った僕は、あわこさまの気配を探りました。

「菊ちゃん?」千宇さんが尋ねます。

「千宇さんは、何も感じないのですね……」

僕はまた何かしてしまったのだろうか。あわこさまを呼び寄せるようなことを。

「行こうよ」と壺彦は僕の言葉をさえぎって、猫なで声で千宇さんを奥へ引っ張っていきました。残された僕は玄関で立ち尽くし、がらんどうの廊下が、昏く伸びているのを眺めておりました。

＊＊＊

唐木は足繁く屋敷を訪ねてくるようになりました。僕は白痴の意味を知り、愛一郎さまはいつの間にかドイツ語の本を読むようになっていらっしゃいました。

久緒さまは愛一郎さまに何十冊目かの本を渡すときにおっしゃいました。

「もうこれでおしまい。この本がお姉ちゃまの持っている中で、一等難しいものだから」

どこか突き放した響き。愛一郎さまは特別過ぎたのでございます。「この子さえいれば、うちは安泰だ」と不二宥さまは誰に憚ることなくおっしゃるようになって、そうしてだんだんと、みなが愛さまだけを丁重に扱うようになりました。

あの方はこうなることが解っていたから、ご自分の頭脳を隠したかったのでしょう。「うちら、馬鹿だと思われんように気をつけんと」なんて、女中たちも冗談のダシにして笑う。唐木は愛さまの部屋に入り浸り、教えることに夢中になりました。

「この子はすごい……、本当にすごいぞ」

彼はこの才能を腐らせてはならないという使命感に燃えているようでした。しかしそれも、愛さまの質問に答えられなくなってくると、次第にひりついた空気を纏うようになったのです。教えを請われても「先生に解るわけないだろう」「君はそれがどこの入試問題だか解っているのかい？」と肩を竦め、次第に教えることを放棄してしまったのです。彼は不二宥さまに学業の進みを訊かれたときも「頭はいいが情緒に問題がある、いつも大人を馬鹿にしている」と答えておりました。

縁側で日向ぼっこをするあの方の、お小さい背中をよく覚えております。抱き上げると酒袋のように温かくて甘い香りのすることを、みんな知っているはずなのに。

「菊や、さんざしの木はどれだい」

愛さまは庭を眺めながら尋ねてきました。

「あれですよ。毎年、白い小さな花をつける……」

咲殻が落ちたら緋色の実が生るのですよ。臭い実が。舌で潰すとざらりとする甘い実が、蟹が泡を吹くようにこんもりと、あとからあとから増えるのです。

愛さまはあちこちへ指を差し、飽かず「じゃああの木は？」「あれは？」とお尋ねになって、僕の肩へ寄りかかるのです。おこがましい考えですが、あの方もまだ誰かに教わる立場に、いたかったのではないでしょうか。

井戸端の花圃《かほ》から、熟れる前の冬瓜に似た顔がのぞいて、桔梗の花を散らしました。壺彦は花を食べながら馬鍬《まぐわ》のように動いていました。昼間に表で姿を見せるのは珍しく、彼が僕を捉えた瞳には嫌悪が過ぎったものの、愛さまの手前すぐに隠したように思われました。愛さまは「おいで」と彼にお手を伸ばされました。

壺彦はその名の通り、ひょうたん型の壺のような胴と、それに巻きつく湾曲した手脚の少年で、名前を付けたのはご家族の誰かだったと伺っております。

壺彦は縁側へ顎を乗せ、少女とも少年ともつかぬ夢見るような双眸をとろかして薄笑いを浮かべていました。ですが食事のときも、戯れに鶏舎の鶏を嬲《なぶ》り殺すときも、毎日のように人の物を盗むときも、同じ顔をしているのです。

彼は僕を「醜い」と言って、嫌っておりました。

愛さまは菓子の残りを壺彦へやって、二言、三言、お優しい言葉をおかけになりましたが、壺彦は猫撫で声で「はい」と答え続けるだけで、去っていきました。

「壺彦が恐いのかい」

愛さまの問いかけに、僕は彼がもう声の届かぬ小滝の奥へ消えたのを確かめてから、頷きました。

「ええ……。それに庭を荒らします。あんなに踏まれては、あすこももう駄目です」

壺彦は、己が気に入らないものすべて、平気で粗末にする者でした。

あなたの前でも猫を被っておりましたでしょう。きっと見抜いていらしたのでしょうけれど……。

「この季節は特に酷い……。無事なのは、鬼百合のある辺りだけです」

「鬼百合？」

僕は炎のような橙色の一角を指さしました。「壺彦は、百合の匂いが嫌いなのです。花粉が落ちるのも嫌います。ですから父は、どの苗もいつもあの辺りで育てて、大きくしてから他所へ植え替えるのです」

僕は愛さまが彼に目をかけるのが、正直なところ不服でございました。

壺彦はよく、他人を「醜い」と罵っていました。僕だけではありません。久緒さまや、大奥さまや不二宥さまのことも、あの者は陰でそう申していたのです。

彼は愛さまや他の奉公人たちのことも、己の中で序列をつけていたようです。当然ながら、愛さまの他に誰も親しくしてやる者はおりません。

「彼はよく、『サーカスに帰りたい』と言うんだ。面白いだろう」

「ただの、恩知らずではありませんか」

「そういう年ごろなのさ。僕を好くのもね。神がかりと呼ばれる特別な人間に近づいて、自分も特別になりたいわけだよ。そう思えば可愛く見えてこないかい」

僕は愛さまが解らなくなってしまった。生まれたばかりのころからご聡明でいらっしゃいましたが、いつも朗らかで、戸惑いを覚えることなどございませんでしたのに。

「ああいう子は一度懐に入ってしまえば、途端に御しやすくなってしまう。けれど……」

愛さまは言葉に詰まり、微笑んで僕を見上げました。

「そういう好かれ方は、虚しいものだね」

＊＊＊

神がかり。その言葉の意味が誰の目にも明らかになった出来事がございました。愛一郎さまのご聡明さは不村家を救うまでに至ったのでございます。あるとき、大慌てで街から帰って来た旦那さまは愛さまに新聞紙を叩きつけました。

半年前、愛さまが買うように言った株券の値が跳ね上がったというのです。最終的に、一か月もしないで二十倍になってしまった。

誰もがあ然としておりました。結果ももちろんのことですが、不二宥さまが幼い息子の言に乗って全財産を投じていたということに。愛さまには、恐るべき先見の明がおありになったのでございます。その後も次々と予言のように投資を当てて、不村家は嘘のように富んでいきました。久緒さまは、父と祖母に大事に抱き締められる弟を見て、何をお思いになったでしょうか……。

祝いの夕餉のあと、庄吉さんは縁側に寝転がって言いました。

「俺ぁもう、逃げてやろうと思ってたんだよ。だって金もねぇ、田畑もねぇって呻いてたんだから。知ってるか、小作人へやった土地に鉄道が通るってんで国が高値で買い上げようとしてるんだと。腹の立つこったよ。だがそこへ来て愛一郎さまだ。恐ろしいよ」

「恐ろしいだと」と渋い顔をする重さんに、彼は頷く。

「気味が悪いじゃねぇか。化け物だ。生まれてたったの数年で、この世のすべて解ったような顔をして。俺たちよか、よっぽどおかしい人でなしだぜ」

このときばかりは、みなが庄吉さんと同じ思いだったでしょう。

片付けた皿を重ねて運んでいた弥々ねえが通りかかったとき、彼が寝転がったまま裾を引っ張ったので、弥々ねえはきゃっと高い声を上げ、逃げていきました。

「なんにせよ、俺はいつかこんな場所は出て行く。東京に行くんだ。そんで金持ちになって、俺を売った親の墓を蹴飛ばしに行ってやるんだ」

彼の声を聞きたくなくて、僕は中庭へ降り、家屋を回って駆けて行きました。夜気が袂を膨まし、素肌を炙る。わざと音を立てて縁の下へ。久緒さまはお心を痛めてはおられないだろうか。腹ばいになって、縁の影の境から伸ばした手で玉砂利を弄び、僕は長いことお呼びの声を待っておりました。いつしか屋敷は寝静まり、もうこのままここで寝てしまおうかとうつらうつらしていたときでした。音を聞いたのです。

月が鳴いているのかと思いました。ちり、ちり、という嬌声は砂利の擦れる音だった。塀のそばでミルク色の塊が流動していました。這い出してそおっと近づいていくと、そのお方は蔵のなまこ壁に手をかけ、苦しそうに腕を曲げていらっしゃる。僕は咄嗟に助けにいこうとしたのですが、何をしているのかが解ると立ち竦みました。

「……………やぁ、菊」

そうです……愛さまは、歩こうとしていらっしゃったのです。長さの違う脚の先は、擦り傷や鬱血が斑となって、それはそれは、おいたわしくて……。

「あの、いつから、そんなことを」愛さまはよろけ、砂利に手をつきました。僕はそのお躰を胡坐の上にお乗せいたしました。

「半年前」愛さまは僕の胸に顔を埋めました。

「気が向いたとき、夜中にこうやって外へ出てるんだ。部屋でどたどたやるわけにいかないからね。秘密にしておくれよ、惨めだから」

惨め。僕に愛さまの何を解って差し上げられるというのでしょう。

「ねぇ菊、少しお話をしようよ。ずっと訊きたいことがあったんだ。菊は『あわこさま』を見たことがあるんだろう?」

仰向けに寝転がり、腕の中で愛さまもひっくり返すと、夜空が視界を覆いました。

「どんな姿をしていた? 獣かい、それとも蛇や水の生き物?」僕は言葉に詰まりました。あなたにあったはずの脚の姿をしている、などとても言えなくて……。

「おばあちゃまは碑には業が積もっていると言っていた。菊は、両親から何か聞いていないかい? あの二人も長いこといるだろう」

「いいえ、何も……」

愛さまは、池にかかる橋の向こうの葉叢を指差しました。碑のあるほうです。

「他の家と形は違えど、憑き神が禍福両方をもたらす点は同じだ」

「カフク……?」

「憑きものというのは霊との契りだから、いい面も悪い面もあるんだ」

易しい言葉で言い直し、愛さまは両手を上に伸ばされました。闇の中にはいくつもの虫食いが光っておりました。

「僕は役に立っているのだろう。あぁよかったと思うんだ。僕に貧しさをひっくり返すくらいの力があって。……だけどね菊、僕は一度でいいから、思い切り走り回ってみたい」

愛さまはたっぷりの間を置いて呟いた。

「いいなぁ、お姉ちゃまは。幸福で……」

僕には難しいことは解りません。僕が身を固くしたからか、愛さまはおどけてお笑いになられました。

「菊だって結局、お姉ちゃまが一等好きなんだろう。僕にはだぁれもついて来られやしないんだ。誰かに慕われることなんて、きっと、ずっとないんだろう」

愛さまは僕の腕を振りほどき練習に戻られました。

「壁よりも、僕の手を摑んでください。倒れても、僕が受け止めますから」

それから僕たちは毎晩のように、内緒で歩く練習をするようになったのでございます。あの方は何度も何度も転びました。それでも、弱音一つ吐くことはなかったのでございます。けれどご存知のように、愛さまは……。

不村家にどことなく立ち込めていた暗さは、暮らしがよくなることで次第に薄らいでいきました。しかし豊かさで得られる幸せには限りがございます。

「愛一郎は、歩けるようになりそう？」

元より話しかけられることなど滅多にございませんでしたから、僕は驚きを隠せませんでした。

この秘密をお話ししたのは自分でしたが、気にされているとは思っておりませんでしたので……。冷たい膚へ這わせていた舌を離し「いいえ、まだ」と答えますと、己の唾液が一しずく顎へ滴りました。

認めたくなかったのでございます。何度練習しても上達しないことを。久緒さまは踵で、僕の肩にぐいと力を込めます。僕は名残惜しく足の裏へ鼻先を押し付けました。あぁ……お恥ずかしいことにございますね。按摩しておりますと裾の奥から香ってくるのです。あのころは久緒さまだけの香りだと思っておりました。思えば久緒さまはもう、小学校も終わる歳で、僕はその一つ下でございましたね。

久緒さまは僕よりもずっと冷酷でいらっしゃいました。

「愛一郎に、これ以上期待を持たせないでやって」

不毛な練習に疲弊していたのは本当のことでございました。次こそ歩けるようになるかもしれない。次が駄目でもその次は……。そうやっていつまで繰り返すのだろう。

愛さまになんと言おう。

「唐木が……」唐突に出された名前。しかし言い直され「唐木の教えることは、楽しい?」と、問われました。

「楽しく、なくはありませんが、自分に必要なことなのかどうか、わかりません」

こんなふうな答え方をした覚えがございますが……。

……あぁ……近ごろは昨日の出来事も思い出せないことがあるのです。

厭になってしまいますね。考えることが億劫で、日がな一日浜をうろついたりして……。

僕の故郷はやはり山でございますから、潮風はますます躰が痒くなってしまうのですよ。

＊＊＊

唐木はいつも、久緒さまのところへ教えに行く前に、僕に本や刷り物を寄越すのですが、その日も、僕は愛さまと一緒におりました。

「この家はなんだか明るくなったね」唐木は、そう愛さまに言いました。

「女中さんたちが嬉しそうにお喋りしているのを聞いたよ、最近暮らしが楽になったって」僕は愛さまが大金を作ったことを教えたらびっくりするに違いないと、つい口を開きそうになりましたが、愛さまは「ふうん、なんでだろうね」ととぼけられたのです。

唐木は鼻を鳴らして廊下へ出て行きました。彼は不村家がまた豊かになりつつあることを、察していたのです。それがますます、気に食わなかったのでしょう。

机へ這った愛さまは小さく呻いて動きを止めました。愛さまは包帯を人に見られるのが厭で、足にぴったり合うよう編ませた毛糸の靴下を履いておりました。黒い毛糸には、目を凝らすと血が滲んでいらした。

「もしかして、お一人で練習を続けていらっしゃるのですか……？」

尋ねずにいられなかったのは、罪悪感のせいでした。

「いいのさ。菊をいつまでもつき合わせるわけにはいかないのは、わかってたもの。やんなっちゃうよね、全然上達しないんだから」

冗談めかす愛さまのお顔は見えません。僕が黙っていると、あの方はおっしゃいました。

「……お姉ちゃまに、諦めさせろって言われたんでしょう?」

久緒さまに言われたことは、誓って愛一郎さまにはお話してはおりません。久緒さまが僕のいないところで愛さまに何か言ったのでしょうか? いいえ、いいえ……あの方は察したのでございます。

お二人の間の見えない亀裂が、広がっていることを突き付けられた気がいたしました。


愛さまには仕事へ戻ると言って、久緒さまのお部屋へ向かいました。

久緒さまのお言葉を受けて、またこっそり、唐木とのようすを見てみようと決めていたのでございます。

気付けばあわこさまの気配が側にあり、早足をしてもすぐ後ろについてきておりました。廊下が伸びる。けれど今までとは少し違う、僕の焦りに似ているような、何かあったらすぐに動き出せるよう息を殺しているような、そんな不思議な気配がしておりました。

そのとき、急に重圧が緩み、廊下の角から壺彦が顔を出しました。

「何を、ほっとしている?」彼は、上目遣いに尋ねました。そして普段から斜めの首をさらに傾げ、耳障りな引き笑いの声を上げました。

「あぁお前、お嬢さんのところへ行くのかい。愛さまに訊いたよ。あれは本当に厭な女だね……よくぞ好き好んであんな不細工の犬になれるものだ」

僕が黙り込んでも壺彦は意に介さず、おっとりと微笑みました。

「お前、愛さまと歩く練習をしていたそうだけれど、歩けるようになる必要なんかないよ」

愛さまは随分と色々なことを、彼に話していたようです。

「生まれたときからないものを欲しがるようになるのは、全部、お前みたいな凡俗が群れているせいなんだ。知っているぞ、お前は赤ん坊のころにここを追い出されそうになったらしいじゃないか。それなのに偉そうに……なぜ愛さまを憐れむなんて傲慢なことができるんだ」

壺彦は僕の脇を抜けて去っていき、離れるほどあわこさまの気配が戻ってくるのが感じられました。

……犬。あぁ、本当に彼の言う通りでありました。

音を立てないよう襖に耳をつけると、自分の心臓の音が痛いほど膨らんでいきました。しばらくは、しゃっしゃっ……と唐木が愛用の肥後の守で鉛筆を削る音が聞こえていました。

「いい加減学校へ来たらどうだね」

僕はそおっと、襖を紙一枚の厚みほど開いて、右目を押し付けました。

「もう怪我はとっくによくなっているのに、お前はまだ学校まで歩いてこられないのか。怠け者め」

耳を疑うような低い声でした。

「今までずっと人をこき使ってきたから、ついに自分で歩くことすらできなくなったんだろう。足があったってなくたってなぁ」ぴしゃりと痛々しい音が響く。「そこ、違う」

久緒さまが腰をひねって鉛筆を拾う手は震えていらっしゃいました。

「お前は勉強だけはできたのになぁ……。他の子たちは家の手伝いをしながら勉強していたからお前が一番だったのなんか、当然のことだったんだ。……ほらそこも違う」

しゃっしゃっしゃっしゃっしゃっ……。唐木はなおも、偏った言葉を浴びせておりました。劣った労働者たちなぞ使ってやれと思っているんだろう。そうしてお前らはどこまでも醜く肥え太るんだ。拝金主義の豚どもめ……。

唐木は削り終えた鉛筆の先端を、久緒さまの眼前に突き付けました。

「お前の生活は、農民たちの苦痛の上に立っているんだ。忘れるなよ」

天井から黒い水が滴り落ちる。来ている。久緒さまが顔を背けても、唐木は鉛筆の先を間近へ動かし、「学校のみんな、お前を待っているよ。仲良くして貰えるかはお前次第なんだ」執拗に迫りました。

黒い水は靄となって、僕の目を柔らかく塞いだ。あんなに恐ろしかったはずのあわこさまの吐息も、なんとも思わなかった。僕の全身を靄が覆う。温かいのか冷たいのかもわからない、不思議な感覚に呑まれて行きました。

ずおん、と見えない圧力が立ち込めたと同時に、あわこさまは襖の隙間から細く煙って、砂絵のように形を成していきました。僕はいつしか高揚してそれを見ていたのです。「なんだ?」と唐木がようやく不審げに辺りを見回します。

「誰か――！」

久緒さまのお声に僕は我に返り、部屋へ飛び込みました。しかし黒い靄も一緒に雪崩込み、あわこさまの両下肢は、はっきりとした肉の重量を手に入れて唐木へ迫っていきました。

「なんだ……、これは……！」

あわこさまが唐木の胡坐の膝へ上り、彼は真っ赤な二つの切り口を鼻先に向けられ、絶叫しました。

……いけない。僕は倒れこむようにあわこさまに摑みかかりましたが、腕は空を切って、あわこさまは仰向けに転がった唐木の腹の上に立ち、踊るように脚を動かしていました。

そして、切り口から血の霧が立ち上り……。

およそ人間味を消失させた咆哮を、唐木は上げました。久緒さまは机に開いてあった肥後の守を手に取って、慄える刃先をあわこさまへ向けました。

「お帰りくださいっ…………！」

さもなくば、とでもいうように、久緒さまは柄を両手で握りしめていらっしゃいましたが、本当に刺す気などなかったのでしょう。しかしあわこさまの回りの靄は増幅し、久緒さままで飲み込まれそうになりました。逃れようと、久緒さまは目の前を薙《な》いだのです。刃先は何の抵抗もなく両下肢を突きぬけ、裂けた肌から夥しい血が噴き上がりました。驚いた少女の顔が、返り血に染まっていく……。部屋中に血が洪水のように溢れる。

唐木は右手を押さえて「痛い！　痛いぃっ……！」と叫ぶ。彼は畳の上に落ちた鉛筆を拾って、「この野郎！」と僕へ向けて大きく振るった。手の平に痛みが走る。

唐木は靄の絡みつく右手を押さえ、あちこちに躰をぶつけながら逃げていきました。

絶叫を聞きつけたのでしょう。千宇さんの慌てた声が近づいてきましたが、唐木と鉢合わせたらしい地点で止まり、足音を追いかけて遠ざかっていきました。

僕は呆然とあわこさまの血を浴びた頬に触れました。しかし、ぬるりとした質感は、もう消えていたのです。見下ろした部屋はいつもと何ら変わらず、躰にも一点の染みもついていません。当然のようにあわこさまもいなくなっておりました。手の平に空いた深い穴から、鉛筆の芯と混じった赤黒い自分の血が、じくじくと流れているだけ。遅れてやってきた慄えに次いで、畳の上に物が落ちる音に振り返ると、久緒さまが肥後の守を取り落としていらっしゃいました。

その刃にだけは、べっとりと血がこびりついていたのです。

誰かが近づいてくる足音がしました。僕は久緒さまのお手を取り、押し入れへお隠ししてから、ナイフの上に座布団を置いて坐りました。

「まぁ、菊ちゃん。どうしてあなたがいるの？　唐木先生、走ってお帰りになられたのよ。随分と慌てたようすでいたけれど……」

千宇さんのようすから、唐木も血で汚れていなかったことが察せられました。

「久緒さまは？」

「……存じません。一緒に勉強を教わっていたのですが、もうずっと前にどこかへいかれました」

「困った子ね……。叱られでもしたのかしら。本当に、頑固な子なんだから……」

千宇さんは、それ以上は何も言わずに戻って行きました。

僕は一瞬とはいえ、あの禍々しさに高揚した己を恥じました。自分に代わって唐木を退治してくれるとでも思ったのでしょうか。しかし、愛さまのおっしゃったとおり、あわこさまは不村家を護ってもいるのだということが、解ったような気もいたしました。

押し入れを開けると、細い背中がうずくまっていらっしゃいました。

「私、何をしたの……？」

僕はそっと肩に手を触れ、こう言う他にありませんでした。

「大丈夫ですよ。大丈夫ですとも。僕がおります。何も心配いりませんからね……」

それから三日の間が、最後の平穏でございましたね。

あのあと、僕は人目を忍んで、肥後の守を鬼百合の根元へ埋めました。自分の目が届く隠し場所は、やはり庭しかなかったのです。

僕はその間に、より濃密になったあわこさまの気配を感じることがあり、いやがうえにも不安を募らせていったものです。あわこさまは唐木を排除しようとしたようでした。けれど、現れたのは僕がいたことも理由なのでしょうか。僕のいるところに、いつも引き寄せられるようにやってくるのですから……。これ以上はもう絶対に一人でお屋敷へ上がるような無茶はすまい、縁の下にも行くまい。そう決めました。

僕は下人たちの寝泊りする宿舎の、両親と三人で住む六畳間で朝を待つしかありませんでした。二人が寝静まったころを見計らって抜け出すのが習慣になっていたせいで、永遠にも感じられるような夜を布団の中で無為に過ごしました。今ごろ愛さまは一人練習をしておられるのだろうか。そして久緒さまは、冷えたお足を擦り合わせていらっしゃるのだろうか……。

ある夕暮れ、炭を運ぶのにどうしても玄関先へ入らなければならなかったときのことです。あわこさまが、まるで僕を出迎えるように奥から歩いてきました。一歩、一歩、裸足で床を踏み鳴らして……。

その脚の斜め上に何かが浮かんでいたのでございます。見えない糸に吊り下げられて、脚の動きに合わせて規則的に揺れている。目を凝らすと、筋の隆起を赤銅色に光らせた逞しい大人の右手が、ぶら下がっていたのです。

僕は炭を落として一目散に逃げ出しました。

＊＊＊

最初は、山越えしてやってきた駐在所の巡査が家を訪ねてきたそうです。それはすぐに村中に知れ渡り、騒ぎは大きくなっていきました。

唐木が、子どもたちに右手首を切り落とされたと、訴え出たのでございます。

スヱさまに問い詰められたとき、僕たちは「していない」と言いきることができませんでした。あの混乱の一幕をどう説明したらよかったというのでしょう。

町から応援に来た警察も、唐木の怪我の奇妙さに困惑したといいます。患部は傷も瘡蓋もなく、まるで元から手がなかったかのように丸まっていたのですから。しかしどんなに奇妙でも村中の人間が唐木にはちゃんと右手があったことを証言したものですから、警察も認めざるをえません。痛ましい姿になった彼の手首を見て、僕たちへ向けられていた負の感情は急激に膨れていったのでございます。

「不村の秘術に違いない」と声が上がりました。僕にさえ、それが一番説得力のある理由に感じられたのですから、皮肉なものでございます。あなたには知らされなかったことでしょうが、玄関塀に「不村愛一郎はあくまの子」と書かれたことがございました。脚のない、醜く肥えた、甘言で人をたぶらかす子どもがいるのだと囁かれました。その知恵で、あるいは魔術で不正な富を得たとも。

あの家にはまだ金がある。自分たちがやっと苦役から解放されたというのに、あの不気味な家は何も困っていない。そんなふうに、彼らは積年の恨みをぶつけられる理由を、ずっと求めていたのですよ。

卑しい、卑しいやつらだ。

あいつらこそ悪魔じゃないか。

膨張していく悪意に、僕らは抵抗する術を持ちませんでした。

何度も家を訪れて、事情を訊いてくる警官からは「こんなもやしのような子どもたちが大人の手首を切り落とせるものか」と思案する心の声が聞こえるようでした。それに、彼の肥後の守は隠してしまいましたから、「あの屋敷に置いてきてしまった」という唐木の訴えを裏付けるものはなかったのです。

唐木の頭がおかしくなってしまったのだ、手首は奇病にかかったのだ。そう結論づけられることを僕は祈っておりました。

客間に警官たちが来ている間も、僕は天井裏にあわこさまが控えているのを感じておりました。「色々と解りました。そうですな。お宅の言うとおりです。証拠がない」一番年嵩の警官は手帳を閉じました。「まさか学校の先生ともあろう方が嘘を吐くとも思いませんが……」

玄関へ見送りに出たあと、門の前を竹箒で掃いていた千宇さんが警官たちに挨拶する声がして、僕はようやっと胸を撫で下ろしました。

しかしそのとき、頭上に影が舞ったのです。空中で弧を描いた残像が消えると、星が割れるような音を立てて、金色の棒が僕たちの間に落ちてきました。

塀の上には庭からせり出した木斛《もっこく》の枝葉の茂みがあり、そこから伸びた長い指が中へ戻って行くところでした。僕と千宇さんが青い顔をしていると、枝葉の中から引き笑いが漏れ出しました。

警官たちが拾い上げたそれは、埋めたはずの肥後の守でした。折り畳まれた刃を警官が開くと洗っても洗っても落ちなかった血糊が、赤黒くこびりついていました。

本当に、僕は運が悪い……。


…………あぁ。

頭がぼおっとして……、暑さのせいでございますね。

いいえ、いいえ……構いませんとも。僕の背など焼け爛れてしまっていい。こんな酷い陽射しを浴びせてしまうわけには参りません。窮屈でございましょうが、こんな何もない白木の小船で、屋根になるようなものは、もうこの躰しかございません。

……揺れますね…………。また波が、荒れて来たようです。

もう、何日目になるでしょう……。

＊＊＊

あのとき、凶器が見つからなければ何かが変わっていたのでしょうか。

いいえ、早晩僕たちは裁かれていたことでしょう。

だから、あれでよかったのです。罰を受けるのは僕だけでいい。

スヱさまが僕の手を握り締め「後生だ」と呟いたときの、指先の冷たさを今も覚えております。

ついにどこからも御用聞きが来なくなったそうです。僕はじっと下を向いておりました。不二宥さまはおっしゃいました。

「お前なら、誰も『かたわだから』とは言えなくなる」

……ええ、僕は「自首をしてくれ」と頭を下げられていたのでございます。お二人が本当に僕と久緒さまを疑っていらしたのかは、この際どうでもよいのです。

僕はあわこさまのことを尋ねました。けれど二人とも何も教えてはくださらなかった。

「菊坊、戻ってきたときは、一生ここに置くと約束をするからな」「両親に、話してもいいですか？」「駄目だ。秘密を知るのは私と母さまだけにする」

そうして不二宥さまはおっしゃったのです。

「お前が名乗り出なければ、次に疑われるのは久緒だぞ」


夜半、雨戸に手をかけると鍵はもう開いていて、久緒さまは起きていらっしゃった。布団の上に正坐したまま。灯りはなくとも視線の交わりが解るようでございました。膝を突き合わせた僕の頬に、すうっと指を添わされ、僕はその御手に目頭を押し当てました。

僕が何か言う前に「私が、行くわ」そう、久緒さまはおっしゃいました。「それはなりません」僕は答える。久緒さまは何度も、何度も首を横に振り、絞り出すように、「なら、二人で逃げればいい」とおっしゃいました。子どもだけでどこへ行けるというのか、解らないはずもありませんでしょう。

僕はかえって冷静になれたのでございます。あの場が真っ暗闇でよかった。

「ありがとうございます。ありがとうございます」頬に触れた両手を上から強く握りました。

「そのお言葉だけで十分でございます」

僕は生まれて初めて不村家を離れ、遠くへ連れていかれました。

本当は旦那さまが、最後に愛さまと久緒さまに会っていけと、お気を遣ってくださったのですが、それは僕の意思でお断りいたしました。ですからどうか、お父さまを恨まないでやってくださいませ。

両親は、僕のことをどう思ったろう。連れていかれた直後のことは、白昼夢のように茫洋としております。僕は精神鑑定を受け、幼さを理由に不起訴となって、東京にある病院へ移りました。不遇の中で僕を生かしたのは、卑しい者たちへの恨みとあなたのくださったお言葉だけでございました。

けれど……。

…………。

いつも数日遅れて院内に入って来る新聞で、全焼の報を知ったのです。僕は高熱を出し、意識のない間、医者が新聞記事を集めてくれていました。続報で、その家の二人の子どもは生き残ったと知り、僕は泣き崩れました。記事は次第に面積を小さくしていく。原因は火の不始末だったこと。寝静まった人々は誰も気付かなかったこと。

何を知っても、すべてが今さらでございました。

…………。

…………喉が。渇きで罅割れるようです。

僕はどうして語り続けているのでしょう。

あなたと語らっているのか、自分の来し方を振り返って、うわごとが止まらないのかも、もうわからないのです。

海原の真ん中というのがこんなにも暑いものだとは思いませんでした。一足先にお逝きになったあなたは、この苦しさを味わうことはなかったのですから、それだけが僕にとっては救いでございます。

もう二度とお会いすることはないと思っていたのに……、他の誰でもない僕だけが、こうして最期にお側にいることが叶ったのです。

僕はこの日のために、今日まで生き延びていたのでしょう。

……あなたのお嬢さまは、朗らかでお優しい方でいらっしゃいましたね。今ごろ、僕たちのことを想って、お心を痛めていらっしゃるのでしょう。

波の音というのは、陸地の側でしかしないのですね。自分の嗄れた声が、うるさいくらい響く。

あぁ、静かだ……。


施設を出るころには、僕は最後に見たあなたの背丈をゆうに追い越しておりました。両親の死だけはわかっておりましたし、面会へ来る者もおりませんでしたから、生き残った方々がどこでどうしているのかなど見当もつきません。

行く当てもなく流れ着いたのは、自分と同じ、何も持たぬ者たちの掃き溜めでした。ご存知でしょうか、貧民窟というものです。大人も子どもも、その日の飯のために、どぶの中の小銭や日雇いの仕事を奪い合うような場所でございます。夕方に人の群がるところへ行ってみると、畚《もっこ》を担いだ残飯屋がいる。汁も米も一緒くたになった残飯に値がつくのでございますよ。

あぁ、こんなお話も、長々お聞かせするものではありませんね。

……長いこと、お探し申し上げました。

何も手がかりがありませんでしたから、ひと月も歩いて、あの村に戻ってみたこともございます。家屋は跡形もなく、父の愛した庭は荒れ果て、淀んだお池の先で唯一変わらずにあるのは、あの碑のみでした。

一人、眺めていると、ぴしゃっ、と水の跳ねる音が聞こえたのです。

碑の裏を覗いてもそこには何もありません。雑草と苔だらけの土が広がるばかりです。

あわこさま……だったのでしょうか。

それとも、空耳……？

村人は開発のせいで多くが入れ替わり、当時を知っている者はおりませんでした。あのころの社会の発展は目覚しく、それはちょうど僕が世間と隔絶されていたころと、ぴたり重なっていたのです。

解き放たれた世界は、異界のようだった。

高層のビル群に、際限なく増殖した照明。どこまでも舗装されたコンクリートの路。

そして何よりも、一様な姿かたちの、見分けのつかない人間たちの群れ……。壺彦の言うことが、少しだけ解ったような気がいたしました。

懐かしい同志はどこにもいない。

僕はどこで生まれて、どこから来たのだったか。

本当に、この世界のどこかにあなたがいるのだろうか。

……随分と時間が、かかってしまいました。

千宇さんと、偶然再会して教えてもらったのです。僕がお屋敷を去ったあとのことを。

ようやくあなたの居所を知ってからも、会いに行くことなどとてもできませんでした。ただ、僕のような生活をしていないとわかればそれでよかった。遠くから眺めているだけで、よかったのでございます。あなたの今の生活を壊すようなことなど、できるはずがございませんから。

僕のことなど、お忘れになっていてくださればよかったのです。それなのに……。

夜ごと浜に降りてくる燐光……。

迎えにいらしてくださったのですね。

気付いて、くださったのですね……。


………あ。

………穴が。

もう、本当の本当に駄目なようです。

水が、染みてきました。粗末な小船でございますから、今までひっくり返らなかったことのほうが不思議だったのかもしれません。


今度こそ、お側を離れません。

菊は死んでも、この腕を離しはいたしません。

あのとき行かれなかったどこかへ、どこへでもお連れいたしましょう。


あぁ、冷たい、冷たい……。

どうしてだろう……。

あなたがお笑いになっているように見えるのは……。

あぁ…………!

沈む…………。

——一九七八年　夏

太平洋沖、一艘の小船の上にて

鬼百合

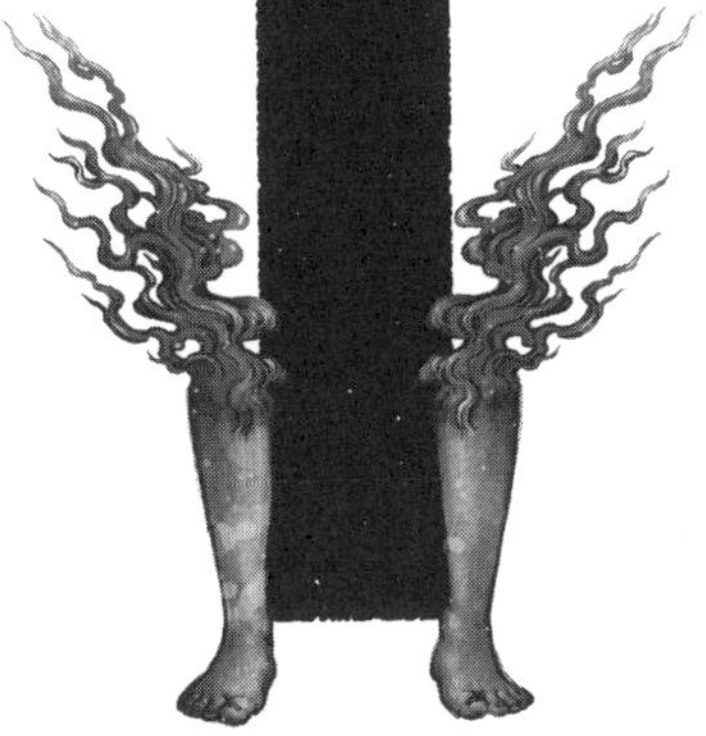

灰色の欠片を摘み上げようとしたら指先がすり抜けた。かろうじて形を保っていた塊は、崩れたところから風に消える。焼け跡は静まり返り、冷え冷えとしていた。

傍らには脚のない幼子と、放心状態の煤だらけの少女。

鎮火したのは明け方だった。集まった村人たちも屋敷跡をただ眺めていた。しもたやの並ぶ泉町と違い、不村《ふむら》家の周りには他人のものになってしまった田畑以外は何もない。延焼を恐れた人間は誰もいなかったはずだが、あの平屋には存在感があった。旧《ふる》く、巨大なものが炎に巻かれる鮮烈さは、そこに愛着のない者の心にも訴えて来るものがあるらしい。

「無事だったのは、あんたがただけですかい？」

先月のことですっかり顔を覚えてしまった警官たちが問うてきた。

丁重に言葉を重ねて野次馬を追い払った私は、残された子たちのところへ戻った。

「千宇《ちう》……すまないね」愛一郎《あいいちろう》が落ち着いた声で言った。「お姉ちゃまを、頼んでもいい？　僕はここにいなければ」

彼が言った矢先、梁が音を立てて崩れてきた。

「ほら」と幼児は指を指す。「あわこさまが、まだこの地を守ろうとしているよ」

この家に「あわこさま」と呼ばれる何かがいることは、知っていた。

「あの人たちも、喰われてしまうわ」

久緒《ひさお》が弟の裾を摑んだ。

「大丈夫さ。目を離さなければ、きっと……大丈夫」

「お二人には、お視えになるのですか……？」

愛一郎は答えない。久緒が啜り泣き始めた。

このとき密かに、私は誰も見放すまいと決めたのだ。この二人はもちろん、最後の一人が落ち着くまで面倒を見よう。

それから、あの子に再び会いに行こうと。

＊＊＊

普段は忘れていることが多かったけれど、着替えるときに自然と見下ろすことになる平行な二列の突起に思い知らされる。

私には「副乳」があった。腋の下から胸部に至る曲線の上に左右対称に一つずつ、正常な位置の下にもう二対。杏色の突起が、全部で八つもついていた。子どものころは黒子と見紛うぽっちでしかなかったのに、月のものが始まるとそれらは一斉にほころんで、今では八つの乳房はどれも手のひらに収まるくらいの大きさに落ち着いている。

不村家へ来たのは十歳のころ。不作になったその年、ぎょっとするような真っ黒い外套姿の男がやってきた。黄色い歯を覗かせて、木村《きむら》、と名乗った男は、手帳を開いて大きく「不村」と毛筆で書かれてあるページを見せてきた。

すでに自分より上の兄弟が二人、奉公に出ていて、本当なら次はすぐ上の姉が行くはずだった。同じみそっかすの子同士、他の兄弟より仲が良かった。しかしちょうどそんな話が出たときに彼女が身籠っていることがわかって、その話は立ち消えになったのだ。相手は間違いなく村の誰かだろうけれど、姉は言おうとしなかった。私は父が怒り、彼女を追い出すのではないかと思っていた。

意外なことに、両親は姉を憐れみ労わるようになった。心配いらん、いいからあんまり動くな。これもお食べ。男の子か女の子か、楽しみだねぇ。

彼女の仕事は私に回された。彼女は乳飲み子を胸に抱いて、日がな一日、穏やかに子守歌を歌う。いつの間にか、子どもがもう少し大きくなったら隣の村の、男やもめの後妻に入るという話がついていた。年は離れているけれど立派な人らしい。姉は喜んでいた。

木村は両親と私について話し込んでいた。

下の子たちの面倒を見るより、他所でお金を作ってくるほうが見栄えのよい仕事だろう。もう前に後ろに幼な子をおぶって田んぼに出なくてもいいのなら悪くはない。おしめを取り替えるとき、脂の乗った魚に似たまっさらな腹に、頬ずりしたいような噛みつきたいような気持ちに駆られる。

他の兄弟たちをみんな外へやって、私は両親と木村、三人の前で脱がされた。

木村は手燭を翳してきた。ほのかな熱が腹を撫ぜ、初めて受けた家族以外の男の視線がちりちりとした。

「確かに」彼がそう言うと両親がほっと息を洩らした。

私はその言葉を「問題ない」という意味だと受け取っていた。確かに奇妙だが、これならば働くのに問題はない。

木村と二人、生まれて初めて汽車に乗った。東京を通り越してずっと北へ。不村家は山奥にある大地主だった。私の生まれ育った粗末な家とは比べるべくもない、緑青の甍《いらか》が波打つ平屋が迎えた。

けれど、期待はすぐに打ち砕かれる。

庭先にいた男たちを眼にした瞬間、喉が絞まるような悲鳴を飲み込んだ。皮膚の溶けた男が振り返り、七尺もありそうな枯れ木に似た生き物が、腕を伸ばして塀の上を掃いていた。私は思わず木村の外套に隠れた。植木の陰から鋏を持って現れたのは、鎖骨の間から頭が生えたような首のない男だった。斜めの頭が、珍しそうにこちらを見ている。

木村の手が頭に載った。

急にすべてを理解した。耐え難い感情が噴出する。


——私は違う！


男の手は猫の仔を撫でるように頬へ、顎へ滑ってきた。

「驚くな、ここはいいところさ。さぁ、お前の部屋はこっちだ」

宿舎にも案の定、異形の女たちしかいなかった。みなが私の躰にある「歪さ《いびつ》」を嘗め回すように探した。私は違う、違うんだ。お前らの仲間なんかじゃない。

一通りの歓迎が終わると、おかめ顔のおばさんが親切に世話を焼いてくれた。おかめ顔というのは比喩ではなく、頬が赤く膨らみ、頭が福禄寿のように長いのだ。

こんなところにいては、きっとだめになってしまう。

姉の子はとても暖かくて可愛くて、両親がああなるのは当然のことだと思えた。我が子以上に孫は大事なようだった。女の幸せとは、ああいうものに違いないのだ。

消灯後、大部屋の布団の中で目を開く。隣にいるおかめ女は、みんなにスガちゃんと呼ばれていた。まだ起きている気配がしたので、私は木村について尋ねてみた。

「あの人は昔からいる、人探しの達人なのよ。不村家には不思議なならわしがあってね、かたわものを蒐めているの」

「ならわし、だなんて……。あんまりだ」

「かたわでなければ奉公人にできないことになっているのよ。家に上げられないのですって。そうそう、滅多に来ないけれど、余所からのお客さまを上げるときは注意してね。スヱさまが口酸っぱくおっしゃるから……」

スガちゃんは、眠いだろうにいつまでも話につきあってくれた。闇は彼女の醜さを飲み込んで、私は話し相手の姿かたちを次第に忘れていく。美しい声の女だった。

「千宇ちゃんはね、噂を聞きつけた木村さんが西へ西へ、懸命に探したのよ。旦那さまが是非に欲しいとおっしゃったから。私たちのようなのは、あまり表には出ないでしょう。わたしも子どものころは家の中へ隠されたりしてねぇ……。だけどここでは、みんな互いの気持ちが解るのよ。きっと私たちも仲良くなれるわ」

私の躰のことは家族しか知らなかった。だから隠されたこともなければ、迫害にあったこともない。

私は違う。私は人並みの幸せが欲しい。

両親は全部知っていたのだ。顔を枕に押し付け、涙が涸れるまで泣いた。

この家で迎えた最初の朝、真っ先に目に入ってきたのは、いびきを掻いて眠る異形たちだった。

「――醜い」

いびきがかすかに滞った。私は床《とこ》を抜けて廊下へ出る。どくどくと心臓が早まった。スガちゃんは起きていたのだ。

外には来る冬に備えて雪吊りの張られた松が見えた。その幹には大きな瘤がある。贅沢な庭。私たちもあれらの木々と同じなのだ。彼らの好奇を満たしてやるために、私たちは蒐められたのだ。

＊＊＊

ここにいてはだめになる、と思ったはずなのに、今も留まり続けている。

奉公人たちの姿形に慣れ、平凡な会話を重ねていくうち、不村家はいつしか居心地のいい場所になっていった。拍子抜けするほどに待遇はよかった。町へ下りることにもなんの憚りもない私には、これといった不自由はなく、やがて周りに頼られることが増えていった。

木村と再びまみえたのは私がすっかり大人になったころだった。

客間に四人が並んだ。大奥さまこと不村スヱ、その息子に四国から嫁いできた比沙子《ひさこ》、それから古参の奉公人の重《しげ》という小男と、最後に私が、横並びに見守る中、やってきた木村は一抱えもある風呂敷包みを取り出した。結び目を解くと信楽の壺が現れた。

木村という男は、かつて私を連れてきたように、この日も新しい者を連れてきた。壺の口がごろんとこちらに転がされる。色素の薄い赤茶けた頭髪が零れた。中で八歳くらいの子どもが膝を抱えていた。木村が促すと、奇怪な腕を伸ばし、栃の実のように膨らんだ胴で這い出した。

「大奥さま、いかがでしょう」

「充分だ」とスヱは一目に品定めして言った。

自分がここへ来たときの感情が思い出された。山奥で暮らしていてもわかるほど、開戦のときは近づいている。こんな時世になっても、なぜ飽かず異形を蒐めるのか。

「しかし、頭はどうです」と比沙子が問うた。少年は視点も定まらないようすで、寝転がったまま虚空を見上げていた。

「うちは働き手が欲しいのです、穀潰しになるようならいりませんよ」

私は意外な気持ちでその言葉を聞いた。愛でるには申し分ないだろうに。少年は異国の血が混じっているのか、くっきりとした目鼻立ちに薔薇色の頬を光らせていた。歪な躰と整った顔立ちが相反した魅力を生み、私でさえどこか引き付けられるものがあった。

「これは哀れな子ですから、初めは落ち着きがないかもしれませんが、普通の暮らしをさせてやれば、きっと……」

木村は低く唸る。

「この子は〝人工の異形〟なのです。本当の歳も名前もわからない。物心つかぬころにサーカスに売られ、壺の中に入れられて、首だけ出した状態で育てられた。数年経って壺を割られたときは、すっかりこんなふうになったと……」

スヱは少年を買うことを決めた。

「お前は今日から、壺彦《つぼひこ》だ。壺彦、返事をおし」

壺彦は顔を覆い隠したまま固く丸まっている。女たちは私たちに面倒を見るよう命じて去った。重が「壺彦や」と呼ぶと、彼は窺うように、少女のようなかんばせを上げたのだった。

彼は老いた小男の手を取り、目を細めた。人間らしい仕草に胸を撫で下ろす。恐がっているだけなのだろう。しかし彼の肩へ手を伸ばしてみると、勢いよく噛み付いてきた。

「触るな、不細工」

噛まれた指先をもう片方の手で押さえる私をよそに、壺彦は再び両目を覆って石になる。

「喋れるの」彼は起き上がり、壺の後ろに隠れて私を睨んだ。「不細工ですって、私が？」

不細工、不細工め、と彼は爪を噛みながら繰り返した。

「お前らはみな一様で便利なだけの醜い躰だ」

彼は湾曲した腕を広げる。

「僕と、そこのおじさんは違う。誰もが見つめたがる。お金を払って見に来るくらい。お前らにはない神聖があるのだ」

「そう言い聞かされてきたの？　サーカスとやらで」

彼は私に飛びかかり、首筋に噛み付いた。馬乗りにされた視界の端で、壺彦を止めようとした重が蹴飛ばされた。顔を庇った両腕に握力をかけられる。と、そのとき彼の動きが止まった。襟が乱れ、いくつもの乳房が露わになっていた。壺彦に背を向けて部屋の隅へにじり、前を掻き合わせる。息を荒らげた壺彦は、先ほどとは違う笑みでこちらを見ていた。

重が間に立ちふさがり、私を逃がしてくれた。廊下を駆けている間も、遠くから壺彦の引き笑いが響いていた。

以来、壺彦は人のいないところでは私に甘えるようになった。人前では変わらず「凡俗は等しく醜い」と言い続け、みなの反感を買っていたけれど。

彼の言葉は本心だったのだろう。だがそれだけではないはずだ。

そうでなければあのとき、私の言葉に飛びかかっては来なかっただろう。

＊＊＊

とうに年季は明けていた。戦争も乗り越え、気付けばもう十年以上勤めていた。しかし、副乳があることを隠しているかのような、今の状況はなんだろうか。

屋敷へ来たころから、「男には教えてはいけない」という暗黙の了解が立ち込めていた。だんだんと年上の人々は代替わりして、スガちゃんも死んだ。いつしかみんな「千宇だけは特別」だと思うようになったらしかった。服を脱ぐところさえ見せなければ、自分はどこにでもいる平凡な女だ。頻繁に風呂へ入るような時代でもなかったので、女中頭になってからは、与えられた一人部屋で湯を使って躰を拭いていた。

訊かれたら隠すつもりはない、嘘を吐いているわけでもない。けれど明かさぬ限り私はここでは特別なのだった。取り立てて美しいわけではないのに、ここの男たちは私を眩しいもののように見上げてくる。

奉公人の中には唯一、真に平凡な、菊太郎《きくたろう》という少年がいた。奉公人同士の間に生まれた息子で、彼は私によく懐いた。

仔犬のような垂れ目をした、どちらの親にも似ていない素直な子。ずっと小さいころは、私がおしめを取り換えることもあった。千宇さん、千宇さん、と追いかけてこなくなったのはいつからだろう。

私は姿見に彼と並んで立つのが好きだった。本当の母親よりも、私のほうがよほど母親に見える。

女中は雇い主に嫁ぎ先を見つけてもらえることも多かったが、ここではそれは期待できない。誰もそんなふうにして屋敷を去ることはなかった。

愛一郎が生まれたころの、ある夜。スヱの部屋を通りがかった際に、聞いてしまったことがあった。

「神がかりが生まれるのは、何年ぶりでしょう……」

不村不二宥《ふじひろ》の声だった。それに、スヱが厳かに答える。

「神がかりは、けして喜ぶようなものではない」

「どうして」疑問ではなく挑発だった。「あの子の才気は選ばれた証です」

「運が悪かったのさ」

可哀そだなはん。とスヱは北国の訛りで言った。その嗄声《させい》が彼女の発したものとは、一瞬わからなかったほど、憔悴しきっているように聞こえた。

「時代は変わった。もう私たちの役目は終わったんだ。比沙子も死んだ。久緒はもう継がせないよ。比沙子の代で最後にするんだ」

「なんだ、あの子に継がせないと決めたのはそんな理由だったのですか」

きちんと本人に話してやればよいものを。久緒は自分が至らないせいだと思い込んでいるのに。

長年勤めていてわかったことがある。不村家には「あわこさま」と呼ばれる霊がいて、この家の子は、突出した才覚と引き換えに、躰を喰われて生まれてくることがあるという。

旧い一族の口伝なのだろう。私はこの家で幽霊の類など見たことがなかった。

自室へ戻ると、庄吉《しょうきち》が唇をふすふす言わせながら胡坐を掻いて待っていた。「よぉ」と顎をあげる。

溜息を吐いて後ろ手に襖を閉めた。彼はランニング一枚のまま、黒く汚れた足の裏をこちらに向けて、勝手に敷いた私の布団で寛いでいる。

この屋敷の中では比較的、見られる男だった。彼も私をそう思っているらしかった。伸ばされた庄吉の手に「やめて」と逆らうが、彼は嗤うだけだった。「今日は帰って」庄吉はいとも簡単に私を転がし、着物を剝いた。すべてが面倒になって、力を抜いた。

月日が過ぎていく。

私はスヱや比沙子が羨ましかった。今でこそ落ち目とはいえ、大きな家で大事にされ、意義のある役目を持っていて。

庄吉はことが終わるとすぐに去って行った。八つの乳房、全部に噛み痕が残っていた。

＊＊＊

壺彦の世話には手を焼いた。彼は私に気を許してはくれたものの、落ち着くことはなく、素行は相変わらずだった。本当の歳がわからずとも、出会ったころから数えれば幼く見積ってもすでに大人と言える歳になっているはずだ。それなのに、躰はいつまでも小さい。心も成長が止まっているかのようだった。気に入らないことがあればすぐに手が出る。それも相手の首や目を容赦なく狙う。人の物は平気で盗む。仕事は不真面目で、人目に触れることも厭わないのですぐに屋敷を抜け出しどこかへ消える。村人から苦情が来る度に私が謝りに行った。腹の立つことに壺彦はそれを楽しんでいる節があった。

彼は小鳥や蛙を捕まえて来ては、箱や壺に押し込めて鶏舎の中で飼っていた。一匹とて彼の理想通りには育たなかった。死骸を埋葬しながら、壺彦は長い睫毛を伏せる。

「もう、そんなことはおやめなさい」丸く膨らんだ背中へ声をかけた。

壺彦は「次はもっと上手に世話するよ」と答えた。「そういうことではないの」と返す私の苛立ちは伝わらない。

彼は蔵の裏へ私を連れ込んだ。脚を曲げたまま進む彼に手を引かれ、やはり子どもの腕力ではないことにぞくりとする。なまこ壁に押し付けられた。

壺彦は私の帯を解き、見上げて来た。

「僕を見に来たやつらもこんな気持ちだったんだろうか」

肘を曲げ、腹の乳房に頬擦りしてくる。

「お前は僕と同じ。みな僕たちのようならいいのに。工場で作ったみたいに同じ形で増えるなんて、気持ちが悪い。千宇もそう思うだろう？」

私は何も言わずに髪を撫でた。甘えさせたあとはしばらく素行が落ち着く。スヱに世話を任されたこともあり、最低限の倫理は身につけさせなければならないという思いがあった。複雑に思えた彼は懐に入れてしまえば酷く単純で、ただ、愛に飢えていた。出ない乳を吸うとき、壺彦は与えられなかった幼少期と邂逅しているのだろう。

遠くから、幼児の笑い声が聞こえた。足音から菊太郎もいるのが察せられ、私は手早く着物を直す。壺彦は首を伸ばして向こうを覗き、歯軋りをした。

「千宇、もう行くの？」

そ知らぬ顔で日なたへ出た。

「千字！」

背後で彼が奥の暗がりへ逃げる音がした。

誰もに平等に接しようとするあまり「菊ちゃん」と呼びかける私の声はひときわ冷たい響きになる。それを受けて、姿勢を正す彼のいじらしさ。彼は私に八の乳房があると知ったらどんな顔をするだろう。

私がスガちゃんを傷つけたように、彼もまた抗いがたい自然な感情で、私を傷つけてくるのだろうか。

＊＊＊

久緒は元より内気な少女だったが、暗い顔で学校へ通う日が増えた。校門前で待っているときに、子どもらの囃し立てる声が聞こえたこともあったが、私が来ると散って行く。久緒には「もう来ないで」と言われたこともある。けれど私がいなければそれこそどうなることか。

たかが子どもの喧嘩といえど、その裏には元小作人たちからの根深い恨みがある。子どもたちが久緒をいじめだしたのは、大人たちを見てのことなのだ。

諸用で菊太郎に久緒の送り迎えを頼んだ日、久緒が怪我をして、担任教師の唐木《からき》が家まで運んで来た。彼は好青年然として見えたが、私以外の奉公人には子どもに接するような話し方をしたので、癪に障った。

スヱの部屋まで行くと、彼女は坐したまま寝ていた。起こして、唐木が待っていることを伝えると、スヱはかっと目を見開き文字にならない呻き声を上げた。

「客間にいるだと？　一人でか」

スヱはぶるぶると拳で壁を殴るように体重をかけた。そして大股で歩いていき、声もかけずに客間の襖を一息に開けてしまった。

「や、大奥さま」

驚いた唐木と、卓を挟んで坐っていた小男がすっくと立ち上がった。

「あぁ、重さん……」スヱは崩れるように重の隣の座布団へ坐った。

「へぇ、唐木先生からお話を伺っておりました。久緒さまは菊坊と女中さんたちが見ておりますよって」

「そうかい、そうかい……あぁ……」

スヱが一番信頼しているのはこの人らしかった。長いときを同じ場所で過ごしてきたからだろう、親友のように見える。

唐木を見送ったあと、玄関先で重と二人になった。

「千宇さん、これからはお客さんが家に上がるときは、けして一人にさしちゃあいけないよ。あわこさまが、お怒りになるからね」

おどかそうとしているのだろうかとも思った。しかし私はすでに色々と見聞きし過ぎていた。

「あわこさまは、神がかりが生まれると強くなる。愛一郎さまがお生まれになったのだから、昔以上に気をつけねばならんよ……」

久緒の部屋に戻ると部屋の前には愛一郎がいた。一人で這って来たらしかった。愛一郎は人差し指を唇の前に立てたが、遅かった。襖が開いて、菊太郎が出て来た。彼は恥ずかしそうに、そそくさと去っていく。

「菊ちゃん、待って。学校で何があったか、あとで聞かせてもらえるかしら」

私も愛一郎も、頷いた彼の目が赤くなっているのに気が付いて、目配せをし合った。菊太郎は幼いころから久緒を慕っていたが、このごろは度が過ぎているのではないかと思うときがある。下男たちが私を見上げるように、菊太郎にとっては久緒が異様に眩しく見えるのかもしれない。

私は愛一郎を抱き上げ、部屋へ上がった。久緒は布団をかぶってこちらに背を向けていた。

「お加減はいかがですか?」

「平気よ」と答えた彼女は、私が愛一郎を畳に下ろす気配に振り返った。

私が枕元の盆にある水差しを新しいものに替える間、微かな沈黙が下りた。やがて愛一郎が口を開く。

「菊と、何を話していたの?」

「別に……、あの子が勝手に来て、一人でめそめそして帰っていっただけよ」

久緒は物静かだけれど、寡黙なわけではない。菊太郎の前でだけは喋れなくなるようだけれど。

愛一郎は小さく笑う。「本当に仲がいいんだね」幼児に不似合いな、迂遠な嫉妬が滲んでいるように、私には感じられた。

「良くないわ、別に」

「ううん、僕にはあんなふうに心配してくれる人はいないもの」

愛一郎は何歳だったろう。もうこんなさみしさを解するようになっていたのか。

「あなたには、壺彦がいるじゃない」

久緒は意外そうに言った。けれどそれは私から見ても、相手の神経を逆なでする言葉だったように思う。壺彦なんかと本心から仲良くしている者などいようものか。愛一郎も私も、手懐けているだけだ。


「お前がついていながら、一体どういうわけなの」

正坐して少年と向かい合う。久しぶりに真正面から観察した菊太郎のようすに、おやと驚いた。一丁前の意思があるかのような眼差しをしていたからだ。

「久緒さまは、足を踏み外したと言っていらしたけれど……」

「違います。学校のやつらに追い立てられたせいなんです」

久緒が悪くないのは解る。けれどあの子ももう少し愛想よくできないものだろうか。もちろん、そう思ったことは顔には出さない。悲痛な顔を作って、それらしいことを言っておくと、菊太郎は己を恥じ入るように大人しくなった。

「菊ちゃん。あなた、あまり出過ぎたことをしては、だめよ」

彼は答えなかった。

＊＊＊

——座敷の奥から咆哮が聞こえた。

「唐木先生……、どうなさったんですか？」

唐木はこちらに目もくれずに玄関の戸に激突し、一目散に出て行った。

背後から突然、おん、とぬるま湯のようなものが伸《の》しかかった。こんなに妙な気配を感じたことはあとにも先にも一度もなかった。

床板の上に赤い点が続いていた。しかし瞬きの刹那に消えてしまう。見間違い、とは思えなかったが、目を凝らしても二度は見えなかった。

「……あわこさま？」

ふっと空気が緩む。

まさか。そんなものいるわけが。

気を取り直し、早足で久緒の部屋へ向かう。

部屋の真ん中では菊太郎が、座布団の上で胡坐を掻いていた。背を丸めて、目を三角に怒らせている。私は息が詰まりそうになって、かえって饒舌になった。

「まぁ、菊ちゃん。どうしてあなたがいるの？　唐木先生、随分と慌てたようすでいたけれど……」

久緒の机の上は荒れているものの、ついさっきまでそこにいた気配があった。

「久緒さまは？」

「……存じません。一緒に勉強を教わっていたのですが、もうずっと前にどこかへいかれました」

私に嘘をついたのは初めてだった。彼は切っ先のように、怒っていた。平静を装って答える。

「困った子ね……。叱られでもしたのかしら。本当に、頑固な子なんだから……」

菊太郎は押し黙ったままで、私は廊下を引き返していった。

姿見の前に並んで立った日は遠い過去のことなのだ。彼は変わっていく。彼の中の私の存在も小さくなっていく。可愛いあの子は、もういない。

私はあのころから、何も変えられずにいるのに。

窓硝子に映った自分の影は、くたびれた母によく似ていた。

＊＊＊

数日後、唐木は手首を切り落とされたと訴えてきた。

壺彦が警察に突き出した肥後の守は、唐木の怪我の奇妙さを凌ぐ物証として、採用されてしまったらしい。

私は壺彦を問い詰めようとしたものの思い直した。奇妙な事件ではあるけれど、菊太郎が自分がしたと認めているのだ。壺彦は正しいことをした。

「おぞましいやつだね。いくらお嬢さんがいじめられていたからって」

しかし、嬉しそうな壺彦を見ていると恨みがましさは募っていった。

「あいつはああいうやつだったんだよ」彼は口さがない。「僕は解っていた。千宇は、騙されていたんだ」

「――うるさい」

彼は大きな目を瞠った。

あぁ醜い。なんて、醜い。

「千宇？」

「お前が、あんなことしなければ……」

あの子がいなくなったって、私はお前を愛さない。

私はそれ以来、壺彦を避けるようになった。


夜、まんじりともしていられずに床を抜け出した。

手拭いを持って向かった井戸で、桶に水を汲み、寝巻きから肩だけ出して汗を拭った。手拭いから染み出した水が、鎖骨から幾多の岡を伝い落ちた。月光は子どものころに曝された見知らぬ男の視線を思い出させ、私はきつく目を瞑る。

目を開けた先に、人影が立っていた。

「……菊ちゃん」

少年は薄く口を開き、私の乳房に視線を注いでいた。両腕を仕舞い直す。

「驚いた?」

彼は視線をそらして控えめに頷いた。

群雲の影が地上へ打ち寄せる。返すことはなく辺りは暗いままだ。

「ねぇ、どうしてこっちを見ないの」

「女の人の裸を、見ては失礼ですから……」

「気味が悪い? 今まで、自分と同じだと思っていたのに裏切られたと思った?」

「裏切られた?」

「私と菊ちゃんは、仲間だったでしょう……?」

彼は「仲間?」と、不思議そうに繰り返した。

「私たちだけは、特別だったじゃない」

親子のように似ていたじゃない。泣き笑いのような声が出た。少年の瞳は途端に褪せて、私は彼が酷く遠くなってしまったのを感じた。

「僕、もう行かないと」

菊太郎は砂利を鳴かせて背を向けた。

「明日、ここを出ていくんです。お世話になりました。さようなら、おやすみなさい……」

そう言って、久緒の部屋のある縁側のほうへ消えていった。

＊＊＊

「悔しい、悔しい……」

一夜明け、彼がいなくなった。弥々《やや》など誰に憚ることもなく泣きに泣いた。

「みんな他人事みたいに。庄吉さんなんて、最初からあの子はいなかったみたいにけろっとして、『町のほうに興行師が来ているぜ』なんて笑っているのよ。あんまりだわ」

「馬鹿ね。あなたを誘ったつもりなのよ。気晴らしになると思ったんでしょう」

弥々は、毛に絡まった鼻水を手の甲で拭った。

壺彦が菊太郎を告発したことを知るものは少ない。私は凶器が警官の目の前に投げ込まれた場に居合わせたが、言いふらしたりはしなかった。

彼はそれを鬼百合の根元で見つけたというけれど、壺彦がそんなところを掘り返したというのが違和感ではあった。百合科独特の強い芳香を、彼はことさらに嫌っていたのだから。

あの場所はスヱや愛一郎が午后によく休んでいる縁側から眺められた。

菊太郎の件を受けて、彼の両親は揃って暇を請うたが不二宥は猛禽の目で一喝したという。

「当たり前ぇだろ馬鹿野郎ども。ここ以外、今さらどこへ行けるってんだ。餓鬼が馬鹿だったせいで……堪《たま》ったもんじゃねえやな」

上唇をむずむずさせながら、庄吉は私の目の前で古い陰毛を抜いていた。

「布団の上に捨てないでちょうだい！」

殴り合うようにもう一度、目合い、ぐったりと疲れ果て、まどろみのまま普段は話さないようなことまで話し込んでいた。

家鳴りがする。不穏な気配こそなかったものの、連想して尋ねた。

「あわこさまというのを、見たことがある？」

庄吉は怪訝そうに耳の穴をほじった。

「見たこたぁねえが、なんかいるのはわかるぜ」

昔、立ち聞きしたスヱと不二宥の話を、かいつまんで聞かせてみた。

「不村一族は、代々人の生き死にに数え切れないほど立ち会って来たでしょう？　あわこさまっていうのは、その祟りなんじゃないかしら」

「祟り？」と庄吉は昏い瞳で返した。

「馬鹿を言え、だったら憑きもの筋だなんて名乗るもんか。お産は元より命がけなんだ、何人死んだとて祟られるようなことではあるめぇよ。それに、そもそも水子は祟らねぇもんなんだ」

やけにはっきりと庄吉は言った。

「餓鬼のころに実家の婆さんが言っていた。祟りは恨み辛みを残した死人の怨念から生まれる。けど、赤ん坊は己が何者かも解らない、人を恨むという感情すらない。死んでも何も残らねぇんだって」

「……そう、なの」

「俺もお前も、生まれてすぐに死んでいたら、苦しむこともなかったろうにな」

彼がまともに会話をしてくれるのは珍しいことだった。照れ隠しのように、彼は「なんだか臭ぇな」と悪態をついて、鼻を鳴らす。

「なぁ、あんたどうしていつまでもここにいるんだ？」

急な問いかけに、たっぷりと時間を奪われた。

「いつまでって……」

「どうして出て行かないんだ。あんたはいいじゃないか、普通のナリをしていて。余所で暮らしてその躰がバレるのが恐いのか」

「慣れてしまったから移るのも面倒でいるだけよ。それに私は誰かに後ろ指をさされたこともない。普通の人たちを恐いなんて、思ったことがない。屋敷の外でだって上手くやれる自信はあるわ」

「それでも、自分より劣ったのだらけだと安心するんだろう。俺だってそうだ。愛一郎さまを見りゃ、あぁ自分は歩けてよかったなって思う。重さんを見りゃ、自分はまだマシだと思うぜ。マスクをすりゃあ、堂々と表を歩けるからなぁ。重さんはありゃあ悲惨だぜ。どんな女だって寄らねぇ、ああはなりたくねぇ」

寝転がったまま、薄く筋肉の付いた彼の腕を見上げた。

「人間はどこへ行ったって、自分と周りを比べて、勝手に苦しくなるもんなんだ。そんで自分より上の人間はやっかむか崇めるかして、ずっと下の人間のことは嗤って、溜飲を下げるんだ」

普段の印象どおりの醜い本音。その醜さは私と同種のものだった。

「じゃあ、私と比べては？　その口とたくさんの乳房と、どっちがまし？」

「……俺ぁ男だからなぁ……」

「私と弥々だったら、どっちがまし？」

「お前に決まってるだろう、ありゃあ隠しようがねぇ」

可哀想なやつだよと、庄吉は目を細める。

「でもあんたはあの毛むくじゃらがいいんでしょう」

庄吉は煙草を探して、畳の上に丸まっていたズボンのポケットを探った。

「……なんか臭ぇなぁ」

「話を逸らして……」

「いや、本当に変な匂いがするだろう」

起き上がり、空気の動きを素肌で感じる。煙の匂いだと気がついた。庄吉は腕を伸ばして襖を開ける。薄い煙と暖気が流れて来た。

「……おい、みんなを起こさねえと」

女中頭の部屋は一番奥だった。手前のほうから、もうもうと煙が押し出されて来ていた。

＊＊＊

愚かにも、躰の熱さのせいで気付くのが遅れたのだろうか。迫り来る火の手は思ったよりも早かった。

宿舎の各部屋には高窓しかなく、唯一の出入り口である玄関はすでに業火に焼かれていた。あとからわかったことだが、眠ったまま煙を吸って動かなくなった者が大半らしかった。

庄吉は迷いなく女中の大部屋へ走り出そうとしたが、向こうから声がした。奥へ逃げてきたのは、せむしの女と弥々で、手を取り合って走ってきた。「千宇さん！」と彼女は私に抱きつき、熱い、熱い、と、今にも泣き喚かんばかりだった。

「窓まで登れるか？」庄吉は部屋を見回し、角火鉢を動かした。それを踏み台に庄吉と私が二人を窓へ押し上げ、自分たちも脱出した。

庄吉は飛び降りると同時に母屋のほうへ走り出していた。

宿舎の外壁が崩れた。

火の中に馬鍬《まぐわ》のような四つん這いの影が見えた。二人を逃がしたあと、私は一人、宿舎へ戻っていく。

倒れた柱の下敷きになった壺彦の姿が熱に歪んでいた。私の顔をはっきりと捉えて、何事か口を動かした。不思議なほど、何も思わなかった。急いで引きずり出せば助かるのかもしれないということすら考えなかった。苦しむ彼の姿は、彼がいじめ殺した小動物がのたうち回る姿によく似ていた。

答えはないと知りつつも尋ねる。

「……お前、どうして菊ちゃんを突き出したりしたの？」

息が荒くなる。真っ黒になった頭が左右に振られる。彼は私へ手を伸ばしていた。

「お前のせいで……、お前のせいで、菊ちゃんは……」

――がう。

壁が崩壊するとき、壺彦は絶叫を上げて炎に巻かれた。

視界から消え去った彼を見て、私は初めて瞳に涙を浮かべた。触れ合った胸の鼓動が思い出され、今さら抱き締めてやりたくなった。

――ちがう。

彼は最期にそう叫んだが、声にはなっていなかった。その分、唇を読めるほどの距離で彼が死んで行くのだということを、私に知らしめた。

おかしなことに、宿舎だけではなく母屋も燃えていた。私は「放火」という、一番自然な原因を考えた。

ざぶんと音がしたほうへ目を凝らすと、庄吉が池から上がってくるところだった。

彼は水を滴《したた》らせながら、火の回りが遅いほうへ走っていく。私は彼を追いかけた。家屋の向こうは尾根の朝焼けのように明るかった。庄吉が雨戸を蹴破る。そして一番近い久緒の部屋から、煙を吸って眠った彼女を抱きかかえて戻ってきた。私に押し付けて、すぐに踵を返す。

一人助ける間も、火勢は増していった。庄吉の衣服はすでに乾いている。彼は何も言わずに私の後ろを指差した。弥々とせむし女がおろおろとついて来ていた。

「あれも見ててやってくれ」

「あんた、なんでそんなに……」

庄吉は最後まで聞かずにくれ縁から中へ上がった。

いつかここを出て行くって言っていたじゃないか。私を散々蹂躙したじゃないか。膝立ちで抱きかかえていた久緒を、ゆっくりと地面に下ろす。

「久緒さまをお願い」

私は二人に命じて、彼のあとを追いかけた。

廊下は炎と煙が充満していた。不二宥とスヱの部屋の辺りはすでに火の海に沈んでいた。残るは愛一郎の部屋だが、私の肌は火ぶくれだらけになり、もう無理だ、もう手遅れだ、と心の裡では何度も唱えていた。しかし黒煙の向こうに庄吉の影を見つけ、私は叫んだ。

振り返った彼は、鬼のような顔をした。

「――戻れ馬鹿野郎！」

その言葉は私の背後に向けられていた。

弥々が、来ていた。彼女は泣きながら首を振った。

「戻れって言ってんだよ！」

彼は私に目もくれず脇を走り抜けていった。頭上でみしりと厭な音がした。燃え盛る天井が、轟音を連れて弥々の真上に落ちてきた。

熱風が私たちまで灼《や》こうと吹きすさぶ。本当に一瞬の出来事だった。弥々が消える直前の、頭上へ向けた驚きの顔が網膜に焼きついていた。庄吉は脚の勢いを殺せずにつんのめって両手を突き、転がって止まる。

「…………や、や」

掠れた声のあとで、庄吉はもう一度その名前を叫んだ。

遠くで、またどこかが崩れる音がした。

前からも後ろからも炎が迫っていた。今座り込んだら二度と立ち上がれなくなる。込み上げるものに蓋をして、私は彼の腕を摑んで頰をしたたかに張った。

「立って」

無抵抗の青年を、私は二度、三度、引っ叩いて引きずり立たせた。

「逃げないと。全員は救えないのよ。さぁ、立って」

彼の腕を引き、躰の片側を焼きながら、弥々が飲まれた炎の塊を何とか回り込んだ。このまま蒸し焼きになるのではないかと気が狂いそうになるのを必死で抑えつける。今、冷静さを失ったら終わりだ。

庄吉が嗚咽を上げた。

「弥々、弥々……、や、やぁ……！」

私はもう一度、私怨も込めて彼の頰を打った。

煙が涙腺を刺激する。

ここにいてはだめになると、昔思ったじゃないか。

こんなところで終わりたくないと。

死にたくない、死にたくない、死にたくない。

「早ぅ走れや、くそ阿呆！」

故郷の、懐かしい言葉が出た。

＊＊＊

今の人には想像できないかもしれないが、当時の田舎とは恐ろしいもので、法に触れる事件があっても、村人は犯人を察して庇い合うことがあった。

この火事の夜も、深夜にもかかわらず誰もが酒盛りやら病人の世話などで家族以外の村人同士が互いの潔白を証明しあった。口裏合わせをしているわけではない。はっきりと誰がやったと解っているわけでもない。ただ全員が「あの火事を人為的なものにしないように」という暗黙の意思だけで結束していたのだ。きっと唐木の一件以来、このおぞましい一族を葬るべきだという気運が高まっていたのだろう。

死に物狂いで屋敷から転がり出た私と庄吉は、再び池へ飛び込んだ。頭まで沈めて、汚れた水で喉を潤した。

やがて私たちは一言も口を利かずに、重い躰で正面口へ向かった。目を覚ました久緒と、愛一郎とせむし女が座り込んでいた。煤にまみれていない愛一郎の姿に目を疑ったが、彼はよく夜中に風に当たりに庭に降りていて、このときもそれで助かったのだという。

屋敷の前には集まってきた村人たちの顔があった。久緒は私と庄吉の手をとって、強く握り締めた。久緒を助け出した張本人は、指先すら動かせないというようにぐったりと横になり、夜空を舐める炎へ「燃えちまえ」と吐き捨てた。

「燃えちまえ、みんなみんな。お前らもそう思ってるんだろう、人間じゃねぇって、焼け死んじまえって！」

地響きと共に屋根が陥没し、それを境に火勢は萎んだ。

幸い、転がり込んだ家の夫婦は、火事を見て私たちを哀れだと思ってくれたようだった。不村家への恨みもそう深くはなさそうで、回りに合わせているところが強かったのだろう。一番大きい子が町まで医者を呼びに行ってくれた。私の隣では、久緒と愛一郎が寝息を立てている。せむし女が家事を手伝っていた。

警官たちが撤収した、午后。

包帯の巻かれた躰を引きずって、屋敷のあったところへ足を運んだ。

思った通り、庄吉はそこにいた。ガァン、と硬いものを激しく打ち鳴らす音。焼け跡の真ん中で中腰になっている彼に、瓦礫を踏み越えて近づいていくと、彼は「よお」とことさら野卑な顔を作った。

弥々を探しているのかと思った。

彼が腕を振り下ろすと、またガァンと乱暴な音がした。庄吉は口笛を吹いて、柄の長い鎚《つち》を放り、足元の風呂敷へ何かを詰め込んだ。

「庄吉」

「じゃあな」

私と同じ灼けた喉で言い、彼は表の道へ出て軽やかに走り去った。

彼がかがんでいたところを覗くと、黒い箱がべこべこに叩かれて口を開けていた。燃え残った金庫だ。中には土地の権利書と株券と家系図と、骨董品らしき掛け軸くらいしか残されていなかった。

瓦礫に腰かけて見上げた空は、夏が戻ってきたかのように晴れ渡っていた。

寝込んでしまった久緒に引き換え、愛一郎はとても冷静だった。

「僕はあの人、けっこう好きだったよ」

彼は私が金庫の中からかき集めてきた、なけなしの貴重品を弄んでいた。現金と貴金属は根こそぎ持っていかれたようだった。

「まぁ、どうしてです。庄吉が愛一郎さまと親しかったようにはとても」

「庄吉は、自分より強い人しかいじめないんだよ」

愛一郎が開いた掛け軸は、立派な樹の回りに動物の集まる書画だった。

「『ヤマモモ落とし』だ。へぇ、金庫にこんなものが……」

彼はじっとりとした視線を落とす。著名な画家の手によるものか、売れば幾ばくかの金になるのだろうか。

そこへせむし女が待ちに待った手紙の返事が届いたとやってきた。

金庫には緋色の表紙をつけた住所録も残されていた。聞き覚えのある苗字は僅かで、四国にある比沙子の実家と、東京の「木村」という私書箱の宛て先以外に、めぼしいものはなかった。

私は木村へ手紙を出してみたのだ。記憶の中に今も居座るあの男へ。

「………一人だけなら、受け入れられると」

返事を読み、愛一郎に言った。彼はゆっくりと頷いた。

「母さまの実家と同じだね。しかたない。先にお姉ちゃまだけでも、信頼できるところへやっておくれよ。木村さんのところへは、僕が行く」

あの夜から私は憑かれたように奮起していた。徹夜で手紙を書いて、久緒の看病をし、愛一郎の世話をし、せむし女を慰めながら家主夫婦の手伝いをした。使命感は私に疲れを忘れさせて立ち止まる暇を奪ってくれた。

「お二人一緒に引き取ってもらわなくって、よいのですか?」

「仕方がないだろう」

「……本当は、久緒さまと離れられてほっとしているのではありませんか」

愛一郎はふっくらした唇を食んだ。

私は壺彦の最期を思い出していた。

――ちがう。

菊太郎が捕まったのはお前のせいだ。そう私が責めたとき、彼はこう叫んだのだ。

ならばなぜ、彼は鬼百合の根元を掘ったのか。

そこに何かが埋まっているはずだと、どうして知っていたのか。

＊＊＊

結局、久緒は四国の比沙子の実家へ、愛一郎は木村の元へ身を寄せることになった。せむし女はというと、いつの間にかこの家に馴染んでいて、そのまま女中として住み続けることで話が付いたという。この村を出たくはないのかという問いに、彼女は知らないところへ行くのは恐いと答えた。

やがて、あの日と同じように、真っ黒い外套の男が訪ねてきた。

記憶の中と寸分変わらぬ顔と所作。もしかしたら自分も少女に戻っているのではないかと、つい触れた頬はかさついていた。私は木村の素性を深くは知らない。愛一郎を預ける前にそこだけははっきりとさせておこうと決めていたのだが、「木村さん」と空耳がしたかと思うと、痩せ細った少女が柱の陰から落ち窪んだ目を覗かせていた。

「あなたのことは、おばあさまから何度も聞いたことがあります」

柱にしがみつくのがやっと、というようすの久緒を見返して、木村はうやうやしく頭を下げた。

「この方は、信用していいわ」久緒はそう告げて去った。その主張だけで力尽きて布団に戻ったようだった。木村は一旦、都内の自宅で愛一郎を預かり、親類を探してくれると約束してくれた。

「私も東京へ移る予定です。愛一郎さまのこと、しっかり決まるまで何度でもあなたを訪ねに行きますから、木村さんのおところを教えてください」

木村はついっと眉を上げた。

「それはできない。あなたは雇われ人でしょう？　ただの」

「お二人を守るのが私の最後の仕事です。それを済まさない限り、次の勤めを探そうなんて気にはなりません」

「変わったね、山永千宇《やまなが》」楽しそうに男は言った。「また手紙を書くよ」

木村は愛一郎を抱きかかえ、外套の中へすっぽりと仕舞ってしまった。愛一郎がボタンの隙間から手を出して、はたはたと振る。

脚のない天才児は奇妙な男と共に、行ってしまった。

数日後には四国からの迎えが来た。私に深くお辞儀をした久緒は、ぽつりと、言った。

「あわこさまは、もういなくなったのかしら……」

今の久緒には、極力心を乱すようなことを聞かせるべきではない。

「ええ、きっと」

彼女も去ってしまったあと、私は荷物をまとめて山を越え、最終列車へ飛び乗った。

みんないなくなってしまった。

四人がけの椅子で火ぶくれの包帯を取り替えて、泥のように眠った。

＊＊＊

不村邸が燃えるよりも前、菊太郎が東京の病院へ移送されたという便りは届いていた。久緒には知らされなかったそれを、本当は彼女と別れる前に教えてやるべきか、最後の瞬間まで迷った。けれど「あわこさま」について尋ねられたときと同様、やっと物を食べられるようになった彼女に知らせるのはまだ早いと思ったのだ。

以前の私だったなら「四国へは行かない」と言い出されたら困ると考えて教えなかっただろう。

新天地で、張り紙を出していた定食屋へ飛び込み、住み込みの仕事を見つけた。お金を貯めながら、新しい家と女中の募集を探し、休みの日に菊太郎がいるはずの病院を訪ねた。彼はとっくに別の施設へ移されたという。

職員が、両親にはちゃんと手紙をやったと言うものだから、その両親は死んだのだ、と説明したら、そういうときは新しい保護者を立ててもらわねばと、彼らは横柄に言った。

あの子の親戚は私も知らないんです。探せば誰かいるでしょう、おたくはどちらさんなの？ですから彼と同じ家に勤めていた者です。血縁でもない人には教えられないのよ。だから血縁はもういないと。そう怒鳴らないでくださいよ。本人に訊いてみてください「千宇が来た」と言えばわかりますから。

職員が返事をよこしたのは三か月もあとのことだった。施設に問い合わせたところ本人は「知らない」と言っている。

このたった一言で、私はもう次の手を思いつけなくなってしまった。

＊＊＊

愛一郎が都内の分家へ転がり込むことが決まったことを久緒へ知らせたのを最後に、彼らに手紙を出す用事はなくなってしまった。

私は新聞社の事務員に転職していた。新人として紹介されたときは男性陣に舌打ちをされた。歳を差し引いても、私は社内の女たちの中ではまるで美しくはなかった。雇って貰えたのは字が綺麗だったのと、英文のタイプライターが使えたことが大きかった。

定食屋のあとはまた女中をやっていたのだが、懐かしいはずの仕事はものさびしく、買い出しの道で美しい婦人たちとすれ違うたびに心を刺激された。あの家は、あの地は、それこそ時代に取り残され「呪われていた」のだと思い知った。

新しい主人は子育てを終えた裕福な未亡人で、近くで独り暮らしをするオールドミスの娘がしょっちゅう遊びに来た。ペン字とタイプ、両方その娘に習って覚えたというわけだ。

彼女は私を気に入って、あなたなら男に混じって働けると新聞社の求人の切り抜きを持って来てくれた。気楽な生活が捨て難くもあったが、彼女の気持ちは嬉しかった。

「まぁあなた、およしなさい。私が貰い手を探してあげますから……」

と、雇い主には心配されたが、私には、鬱蒼とした森の道がいきなり開けたかのように、先に広がる景色が魅力的に思えた。

「ありがたいお話ですけど、私、男性はもうけっこうですから。自分一人で稼げるようになりたいんです」

東京タワーの立ったころ、私は新聞社に出入りする記者と親しくなった。初めて肌を重ねる前に、ようやく私は躰のことを思い出した。幸せに目が眩んでいたのがすっと冷めた。しかし何も言わずに黙って身を引く慎ましさなど、とうに捨てていた。最後に驚かせてやろうと、私が前を開くと、彼は眼鏡の奥の目玉をひん剝いて「こりゃあ大ニュースだぜ」と、言った。それだけだった。

上手くいくときというのは思い返せばいつもトントン拍子だった。逆を言うと、上手くいかないことには執着しないほうがいいと、学んだ。

夫はやがて記者仲間を集めて新しい新聞社を興した。私は家庭に入り、一人の男の子を産んだ。乳首が二つだけの、健康な子であることがわかると大泣きしてしまった。

根っからひょうきんな夫とは円満で、ときおり冗談が過ぎるので私は容赦なく嚙み付いたが、遠慮のない関係は安らいだ。

「おい、昼間に転んで腰を打って病院へ行ったんだがな。お前のことを話したら、死んだら剝製作らせてくれないかって、先生がな」

「また阿呆な話しくさって」

「阿呆なことない、弁護士呼んで、きちんと契約してな、したら生前にたんまりくれるそうだ」

親指と人差し指で作られた輪っかを手刀で壊して、私は屈託なく笑う。

小学生になった息子の手を引いて、夕餉の買い物へ出るとき、いつまでもこの生活が続けばいいと願う。

同じような家庭が星の数ほどあることを、この国が豊かになったことを、ざわめきの一つ一つに感じられることが、愛おしい。

実家の両親は二人とも亡くなっていたから、孫を見せられなかったのが残念ではあるけれど、姉を羨む気持ちは、もう少しも残っていなかった。

時間はすべてを押し流してくれる。


その日は、かけはぎに出していた夫の背広を取りに、いつもは通らない道を歩いていた。から、からん、と金属の音がした。喧騒に溶けてしまうはずの音を、このとき、私の耳はなぜか聞き分けた。

建物の陰から長い腕が伸びてきて、ビール瓶の王冠を拾った。皹割《ひびわ》れた指先に反り返った黄色い爪。横顔に赤い発疹、黒髪の上には粉を吹いていた。首や手にある瘡蓋が痛々しい。ところどころ剝がれて湿った肉色が露出している。左右違う下駄に、膝の擦り切れたズボン。細い躰にまるで合わない大きな作業着を羽織った男だった。手に持った桶に針金屑やトタンの破片が入っている。

「――菊ちゃん?」

投げ入れられた王冠がカコンと鳴いた。

青年の前髪の隙間で黒目が動いた。

「菊ちゃん、でしょう?」

「…………千宇さん」

息子が「誰?」と私の腕にしがみついてきた。

記憶の中とまるで違う低い声。それでも目鼻に面影が残っていた。彼は建物と建物の狭い隙間で陰に溶け込んでいる。渡されたロープにぶら下げられた洗濯物が黴臭い。

「あぁ、やっぱり……嘘みたいだわ。大きくなって……」

思わず頭に浮かんだまま口にしたが、彼はかつて自分から私を拒絶したのだった。鉄屑で切ったのか彼の指先で血の珠が膨らんでいった。

この辺りには貧民窟の残りかすのような町があったはずだ。経済発展と共に姿を消したはずの、今はもうなくなりつつある、掃き溜めのような場所。

「ずっと心配していたのよ。身内じゃないからってだけで、面会もだめで。……ねぇ、どうして私を『知らない』なんて言ったの？」

「何の、話ですか？」菊太郎は尖った肩で壁へ寄りかかる。

「そんな……。あぁ、あいつだ、適当なことを言って……！」

職員の面倒くさそうな態度を思い出す。

「ねぇ……この人誰？」

息子が私のブラウスの袖を引く。

「あぁ、この子、私の息子よ。惣一《そういち》っていうの……」

彼は一瞬、昔のような優しい顔をした。同時に胸や肩を掻く。痒みで触らずにいられないというように。伝染《うつ》るものだろうか……。私は纏わり付く息子を後ろへ押してしまった。菊太郎にはわからない程度、僅かに。

「私、小石川に家があるのよ……」

何か食べるものでもやれないか。家へ上げて夕飯だけでも……そう誘いたくなるけれど、夫と、同居する義父母を思うと、垢だらけの青年を連れて帰ることは憚られた。

「菊ちゃん……その、困ったら、いつでもおいでなさいね」

社交辞令に聞こえただろうか。今日帰って一度事情を話しておけば、家族も解ってくれやしないかと思ったのは本当だった。

「いいんです」

彼は穏やかに首を振った。

そして搾り出すような声で尋ねた。

「久緒さまがどこにいらっしゃるか、ご存じないでしょうか……?」

「……四国よ。離島にいらっしゃるわ。火事が、あってね……比沙子さまのご実家に引き取ってもらって……」

私は彼が屋敷を去ってからのことを、あれこれとまくし立てた。

「落ち着いて以来、久緒さまとも疎遠になってしまったけれど、お元気でいるはずだわ。待って、今住所を書いてあげるから……」

うちと、愛一郎の住所もついでにメモした手帳を破いて渡す。彼は丁寧に礼を言って鉄屑桶を手に歩き出そうとした。

「お願い、愛一郎さまにも会いに行ってさしあげて。都内だから近いわ。まずは、そっちに……」

どうしてこんなことを口にしてしまったのか解らない。

「いいんです」

「ずっと、菊ちゃんに謝りたかったはずよ」

青年は歩を止める。

「あの子、あなたたちの仲に嫉妬していたのよ。本当は気付いているんでしょう？　壺彦を焚きつけたの、あの子でしょう。あの子が命じてやらせたのでしょう」

鬼百合の見える縁側では、愛一郎がよく日向ぼっこをしていた。あの子のことだ。菊太郎が何かを隠すとしたら庭だと、それも壺彦の寄り付かないところだと当たりをつけて、事件のあとに壺彦にあそこを探させたのではないか。

私の言葉はどこまで聞こえていたのだろうか。

がしゃ、がしゃ、と力ない桶の泣き声が遠ざかっていった。

これを最後に、菊太郎に会うことはなかった。

＊＊＊

——私は夫を起こさないようにベッドを抜け出した。

すっかり、明け方に目を覚ましやすくなってしまった。静かに自分の書斎へ入り、卓上ライトをつけた。抽斗からノートを取り出す。

白い紙が光を跳ね返して、頭を覚醒させてくる。縦の罫線に綴られているのは、ここ二年ほど、思いついた順に書き記している昔の出来事たちだ。

にぁ、と足首に温かなものが絡みついた。

「起きたの、コティ」夫が会社を退いてから飼い始めたロシアンブルー。もうおばあさん猫である。

起きる前のまどろみの沼というのは、どうして普段は忘れているようなことを勝手に取り出してきてしまうのだろう。些細なことを、生々しい感情と一緒に思い出させることもあれば、一言ではとても片づけられないことを、瞬間に目まぐるしく見せてくることもある。

万年筆の先を彷徨わせ、目裏《まなうら》の情景をなぞっていく。

息子が一人立ちして、夫が引退したあとは、私も会社の手伝いから手を引いて、のんびりと暮らしていた。時間が余ったので読書をするようになり、特に旅行記やエッセイなどの実話ものを好んで読んだ。やがて自分でも書いてみたいと思うようになって、こうやって少しずつ、自分の半生を文章にするのが趣味になった。

最近はアマチュアの小説サークルなどもあるようだから、そういうものに入ってみてもいいかもしれない。まるで暇で裕福な老人の遊びだが、事実そうなのだから恥ずかしがることもない。

私は若いころ嘘みたいな場所にいた。不村家の話は、数奇な生い立ちとして強烈に一章目を飾るだろう。

今思い返しても現実とは思えないことだらけだ。

——全員は救えないのよ。さぁ、立って。

どうしてだろう。唐突に、火事の夜に庄吉へ言った言葉が思い出された。

あの子はあれからどうしたろう。

いつまでも少女の影を慕っているような気がした。
ときおり、自分の逞しさを卑しさそのもののように感じることがある。
狂ってしまえるような激しさを持つ人間ほど、自ら幸福を手放していくのだろう。
「随分と遠いところへ来てしまったわ」
猫が鳴く、朝日が射す。寝室から目覚まし時計の音。
異界の外は、光に溢れていた。

——一九七七年　春
東京都文京区の民家にて

水葬

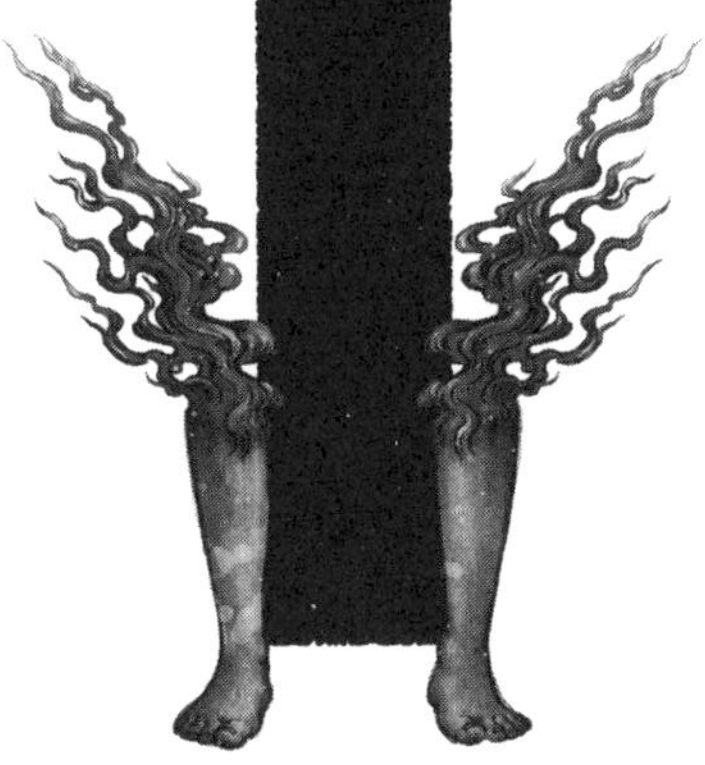

堤防沿いの通学路から見える光景が、日々、目にするものの中で一番美しいと思う。胸の高さと同じ白いコンクリート。足元の舗装路もどこまでも同じ色をして、ずっと先のカーブまで継ぎ目一つない。雲に薄く研がれた春の陽光。行きは右手から、帰りは左手から潮風。鉛色の海原が横たわっている。

あの砕け散る波の激しさは表面上に過ぎなくて、底《そこ》いではたおやかな流れが在るのだろう。地球の、意思みたいなもの。その上をちっぽけな肌色の生き物が、ちまちまと作り上げた船で漕ぎ出す。

夏の夜になると漁火が見える。

ざんざんと波音が届くなか、海原に赤い灯がいくつも並ぶ。この島にはきっと海よりも大きな音を出すものなんてなくて、街灯もないから、ここへ立って海のほうを向くと宇宙に浮かんでいるような気になる。

元より痩せすぎたこの躰は、自分でもときおり、肉体があることを忘れてしまうようなありさまだから、ますます気持ちがいい。灯はアンタレス。けれど海風が、大量の長い髪を掬ってきて空気があることを思い出させる。うねった猫っ毛は毛先が膝裏をくすぐるほどに伸びていた。私の食べたものはほとんど、髪になっているみたいだ。クラスの誰かが、子どもの白骨死体が髪の毛にうずもれているようだと、言っていた。

知っているふりをするのが子どもで、知らないふりをするのが大人なんだと、この間読んだ本に書いてあった。お母さんは知らないふりが上手い。

何を？　何を知らないふりしているのか、はっきりと説明するのは難しい。

なんだと思う？　肩口へ尋ねる。細い煙が頬をくすぐった。わふんと答えてくれた気がした。

これが私の、夜比奈《よるひな》詠子《よみこ》の狗神《いぬがみ》だった。

夜比奈家は「憑きもの筋」というやつで、昔から「狗神」という霊が憑いているらしい。誰にも見えないし、触れもしない。私にしか解らない。

憑きもの筋の一族というのは昔から各地にいる。先祖が動物の霊と契約して代々使役していると言われているけれど、その実は閉鎖的な自給自足の村の中へ貨幣経済というものが入って来たころ、商才を発揮して富んだ家があると、そのことを理解できない村人たちが「あいつの家には動物の霊がいて、よそから物を盗んでいるんだ」と言いだしただけにすぎないとか、他にも、諸説ある。いわゆるオカルトの類であるけれど。

それでも私が信じているのは前者だった。だって本当に何かがいて、幼いころより私を守っているのだから。

憑きもの筋の家から嫁を貰うと、動物霊がついて来てしまうと忌避された。だから一族は、仲介者の手を借りて各地の憑きもの筋同士で縁組をするようになった。

お母さんの旧姓は、不村《ふむら》という。

東北の山奥にあった、黒檀の艶やかな家屋に何十人もの召使いを擁して、お姫さまのように育ったらしい。けれど彼女が十二歳になるころ家は全焼して、母親の実家、この四国の東の海にぽつんと浮かぶ酔島《えいしま》の夜比奈家に引き取られた。そうして従兄にあたる男と、義兄妹になったのち結婚することになって私が産まれた。お父さんはお母さんに一目惚れだったのだという。

さみしい、さみしい、と狗神が鳴く。

「お父さんが死んだの、そんなに哀しい？」

狗の気配はふっと消えた。真昼の海へ向けていた躰を返し、家へ続く山道を仰ぎ見る。狗は葬式の準備で忙しい家に戻っていった。もう帰るよ、追いかけてきてよ、と、登っていく。

＊＊＊

玄関で出迎えたのは今日初めて会った夜比奈なにがしという親戚の人で、不村姓の人は一人もいない。お母さんが「どこへ行っていたの」と尋ねる台詞は、あまりにもいつもと変わらなかった。彼女は夫が島の外で自動車事故にあって死んだという報せを受けた昨日も、そして今日も、同じ顔をしている。

「海を見に行っていたの」

「海を。一人で？」

「うん」

「お式までには戻ってきたのだから、いいけれど……」

母は私の頭に軽く手を乗せてきた。

「あなたがいないと、お父さんも成仏できないわ。あんなに突然逝ってしまうなんて、私……未だに実感が湧かないのよ」

彼女は弔問客の控え室となっている部屋へ向かった。私は三部屋ぶち抜いて設えられた葬式会場へ行って、棺の小窓から中を覗きこむ。

「詠子ちゃん……、お父さん、何べんも見て……」

座布団を並べていたお手伝いさんが隣へやってきた。坂本《さかもと》のおばさんは、近くの漁師の家の奥さんで、網元であるうちに週に三回来て家のことをしてくれる。私は同年代の子たちよりも彼女とよく話した。だが今は、私は声を詰まらせて頷くだけだった。

「落ち着いたら、親戚のみなさんにお顔を見せておいで」

お父さんは私の前で誰かに何か訊かれると、いつも私の顔色を見ながら答える人だった。この映画は面白いか？　このレコードの歌は好きか？　他愛ない雑談を、いつも私に合わせようとして先に意見を求めてくる。面倒臭くも、そうされると嬉しくなる厄介な心があるのも本当だったから、その言動は私の瞳に大層愛おしく映った。けれどそれ以上に、お父さんはお母さんに心底惚れ込んでいて、娘と妻がいるときは妻の顔色を優先した。

隣の部屋へ行くと、親戚たちが「大きくなったねぇ」としんみり言った。彼らの姿がとても人間らしく感じられて、私は一粒、涙を零してしまった。

ブレザーの袖口で拭いながら、空いた場所に膝を入れる。両隣の人が少しずつ詰めた。誰も私の涙に触れなかった。お父さんは口々に褒められ、惜しまれ、それからの私は歳や学校のことを訊かれた。坂本さん以外と話すのは久しぶりだった。

「あれ、久緒《ひさお》さんはどこへ？」誰かが小さくつぶやいた。

「大丈夫です。お母さん、お式まではちゃんと戻ってきますから」

あの人はそういう人だから。


しばらく経っても、全然寝付けなくなって、お父さんの枕を借りに、夜中にお母さん一人になった寝室へ行った。部屋の真ん中に一枚だけ布団が敷いてあって、お母さんは少しの寝息も立てずに眠っていた。私はそおっと押入れを開けて、枕を探して部屋を出た。鼻を押し当てながら廊下を戻り、自分の布団へ潜り込むと丸くなって目を閉じた。

お母さんは私よりも早く起きるから、その前にパジャマのまま枕をこっそり返しに行く。毎回「もう、これきり」と思うのだけれど、また数日経つと枕が欲しくなって忍び足で取りに行く。

あるときから、襖を開けたらすぐのところに枕が置いてあるようになった。お母さんは相変わらず、両足首を結わいてでもいるのかと思うほどに綺麗な姿勢で眠っている。もう返さなくていいんだ。枕を抱き締めたが、日に日に匂いは薄くなっていた。

彼女の、眠りを邪魔されたくない冷ややかな意思がそこかしこから感じられた。それは布団の上で青白く光る羽虫になって漂っていた。生きた虫ならば、あの速度でホバリングすることはできない。耳の後ろで、狗がヴヴと唸った。

制服に着替えて居間へ行くと、すでにお母さんは朝食を食べ始めていて、「おはよう」と私を一瞥した。母はこの時代に珍しく和服を好む人で、髪は下ろすか、ヘアクリップでくるりとまとめている。参観日にはベージュのワンピースを着ていたし、洋服をまったく着ないわけではないのだけれど、見慣れないせいか妙な艶かしさがあって恥ずかしかったのを覚えている。

「詠子ちゃん、今日は一膳食べられる？」

お櫃《ひつ》のご飯をよそう坂本さんに、私は首を振った。

＊＊＊

とくながことです。

と、彼女は言った。「徳永湖都」と名札に書いてあった。

五月になった。忌引きで休んでいる間に、転校生が来ていたらしい。

「昨日まで何日かお休みだったんだって？　よろしくね」

差し出された手。私は長い間を開けて「あ、うん」と答えた。後ろにはもう仲良くなったらしい女子生徒たちが控えていた。

「夜比奈、詠子です。よろしく……」

握った手の爪は薄いピンク色に塗られていた。軽やかなショートカットに、綺麗に上がった眉。垢抜けている、というのはこういう人を指すのだろう。彼女は転勤族で東京や名古屋や大阪にも住んだことがあるのだという。

手を強く握り返された。湖都は「詠子」と驚いたように私の名前を繰り返して、やっと手を離した。

後ろの女生徒たちは、私が何かしたかのように冷たく見下ろしている。狗神が警戒するので、私はそっと肩の辺りを撫でた。こういった仕草もまた、彼女たちの目には奇異に映るのだろう。私は顎を引いて長い髪に隠れる。やがて立ち去った湖都は席に戻って、女生徒たちとお喋りを始めた。

ホームルームが始まると、私は目を瞑って、追い出そうとしても頭の中に浮かんで来るお父さんの声を聞いていた。

それから数日後、抜き打ちで出された小テストが返って来た。酷い点数だった。教師は私に返すとき「もうちょっと頑張ろうな」と大きな声で、みんなの笑いを誘った。特にいつもクラスの中心にいる三人組が楽しそうにしていた。先生も彼女らの機嫌を取りたいのだ。三人組の一人は徳永湖都の近くの席で、これをきっかけに彼女へ何か話しかけたようだった。

ペケだらけの紙を回りに見えないよう湾曲させて席へ戻った。出席番号は私で最後だ。教師が「今回満点を取ったやつがいる」と湖都を賞賛した。少し照れたような彼女は、早くも人気者になっていた。


砂浜を見下ろすと、波打ち際で佇む男の姿が見えた。知らない顔だ。観光客にしては小汚い。出稼ぎで来た人だろうか。

波の音を聴きながら、堤防沿いを歩いて帰る途中、いつもの海蝕洞《かいしょくどう》へ寄り道をすることにした。「私有地立ち入り禁止」の看板を曲がり細い山道へ入る。もう誰も手入れをしていない社があった。高く切り立った崖を背にした社の大きさは私の背丈とそう変わらない。その裏の、社と崖の狭い隙間へ滑り込むと、足元は削り出しの階段になる。

下りきった先は十坪ほどの空間になっていて、光の射すほうには一面の海と空が丸く切り取られていた。打ちよせる波は穏やかで、私の知っている限り今まで一度も奥まで水が満ちてきたことはない。曇りの日でも充分な明るさがあった。壁沿いに古い白木の小船が打ち捨てられている。埃を払って、持ってきた本やひざかけやお菓子をその中に入れていた。

ひょっとすると、ここは昔いざというときに海へ漕ぎ出すために作られた、秘密の抜け道なのかもしれない。

「これも流しちゃおうね」

鞄からテスト用紙を取り出して、長細く折って結んだ。そうして水際の正面に立ち、跪いてそおっと水の上へ乗せ、押し出す。手を合わせて目を閉じる。答案は海蝕洞を出た辺りで沈んだ。

これで母に見せなくて済む。

気分が明るくなって来た。狗神がきゅんきゅん鳴いて私の肩から後ろへ飛び降りた。「なぁに？」と振り返り、笑みを消す。

徳永湖都が立っていた。

彼女は興奮したように微笑んでいた。

「ここ、すごいわね。すごい場所！」

狗神が湖都の周りをくるりとスキップし、鼻を鳴らした。硬直する私を見て、彼女は窺うような前傾になる。

「学校出たところからついて来ちゃった」

「………なんで？」

「なんとなく……。それにしても、まったく気付かないんだから。ぼおっとしているのね」

湖都は乾いたところへ腰を下ろした。

「ねぇ、私も物を捨ててもいいかしら？」

湖都が海原へ目を眇《すが》めた横顔は、いやに皮肉っぽく見えた。彼女は鞄を探り、モールで口を閉じられたビニール袋を取り出した。中にはきつね色のクッキーが入っている。私が声を出す暇もなく、彼女はそれを海へ放った。

「……なんで？」あ然として、さっきと同じ言葉を放った。学校で誰かに貰ったものだろう。

「食べらんないわよ、手作りなんて」

同じ台詞を三度、口にするところだった。押し黙る私に湖都は言う。

「手汗が入っているのよ？　私、自分か母親か、お店の作ったものしか食べらんない」

私は今までそういった基準で食べ物のことを考えたことがなかった。自分で作ったことも、本当にただの一度もなかった。けれど、理由は理解できたのでこくんと頷いて見せた。

「秘密にしてくれる?」

「うん」

「助かるわ。ここから流したものって、どこへ行くのかしら」

「さぁ。でも、二度と戻ってこないから」

湖都は「いいわね、そのフレーズ」と脚を開き、腿を地面につけて坐り直した。

「詠子はよくここに来るの?　私有地だから立ち入り禁止だって書いてあったけど」

「ここ、うちの敷地なの」

「えっ、そうなの。やっぱり夜比奈さんちってすごいのね。網元、なんだって?」

やっぱり、というのは、すでに誰かからこの狭い島のあれやこれやを聞いているということだ。

ここは小さいころに一人で遊んでいて見つけた場所だった。多分、母は知らない。父も祖父母も他界しているので、もしかしたらもう私以外誰も知らないのかもしれない。

＊＊＊

湖都は帰り道で私に声をかけてきた。

「また、あれやりたいんだけど」

彼女は教室の中心の三人組にすっかり溶け込んでいたけれど、私には、誰かと一緒にいるのにいつも一人でいるみたいに見えていた。

彼女はどうして捨てたいのか解らないようなものをしょっちゅう捨てたがって、私が何か捨てるところも見たがった。今日は美術の課題作品として作った木彫りのコースターを捨てた。次の日は、机に入れられた吸殻入りの空き缶。その次は切り裂かれた上履き。新しいのを買ってもらうから平気だよ、と言ったのに、湖都は怒ってくれた。

「ねぇ、今日も行くんでしょう？」

湖都はあの場所を、夜比奈詠子を厭う人たちに絶対に知られないよう、教室の外でもはっきりと口にすることはなかった。それは私の唯一といっていい願いでもあったので、一度も頼んだことなどないのに察してくれていることが嬉しかった。

狗神も、随分と湖都に懐いていた。

「……スイソウ」

「え？」

「実は昔から、あれを心の中で『水葬』って呼んでいるの」

湖都は目を細めて「じゃあ、水葬しに行きましょう」と先へ進んだ。

たくさんのものが海の底いへ葬られていった。

ある日、向かう途中の林でダンボール箱を見つけた。中には死んだ仔猫が五匹入っていた。私たちはどちらからともなく、その子たちを手の中へ包み込んだ。

「かわいそうに、運が悪かったんだね」

次は幸せに生まれておいで。私は手近な石を拾って穴を掘ろうとしたのだが、ふと手を止めた。

同時に湖都が言った。

「そこ、土が硬そうだから深く掘れないわよ。すぐ山の動物に掘り返されちゃう」

「うん、……ねぇ湖都」

湖都は頷いて仔猫を胸に立ち上がった。

まもなく私たちは、海と空の円形画《トンド》の前にいた。土の下よりも水底のほうが暖かく感じられたのだ。埋め固められて身動き一つ取れずに分解されていくよりも、躰を投げ出して、ふやけて千切れてしまえるほうがどれだけ自由な最期か。

五匹の死骸を一列に並べて、二人で手を合わせた。いつもより長いお祈りだった。

「さようなら」と湖都が一匹を送り出した。私も同じようにして、交互に一匹ずつ流していった。どの子も海蝕洞を出たらすぐに沈んで見えなくなってしまった。

不思議な高揚感が胸をときめかせていた。ピンク色の鼻をした仔猫たちが、深海で輪になってダンスする姿が思い浮かんだ。坐ったまま、私たちは長いこと喪に服していた。

「こういうの、前に洋画で見たことがあるわ。『禁じられた遊び』っていうの。父親がフィルムを持っていてね」

「その映画、ラジオで聞いたことがある。子どもたちは何のためにそんなことをしたの？」

「どうしてだったかしら。家にパンフレットがあるから、今度持って来るわ」

「本当？　嬉しい」

湖都はおもむろに私の髪の中へ指を入れてきた。

「平安貴族みたい。ウェーブがかかっているけれど……、手入れを頑張ったって、なかなかこんなには伸ばせないわ。髪って、霊感が宿るって言うわよね」

頭皮の引かれるくすぐったさに肩を震わすと、彼女は両手で掬った髪に鼻先を押し付けた。

「……ふわふわしてる。ずっと触ってみたいと思っていたの。初めて逢ったときから、ずっと触ってみたいと思っていたのよ」

教室にいるときの彼女の雰囲気はまるで失われていた。彼女にとっては、私はたくさんいる友人の内の一人だと思っていた。

詠子、詠子、詠子、と慈しむように唱えられる。

「大好きよ」

昔、お父さんにも言われた。詠子、大好きだよ。

けれどそれとはあきらかに違う。本当に私だけを見ている人ができたことに、私は少なからず戸惑っていた。


海蝕洞をあとにした私たちは海沿いの道へ出た。堤防に脱力した腕を干して、夕映えの水平線から白い針が伸びるのを眺める。

「人がいるわ」湖都が顎で指した。

遠くから砂浜を歩いてくる男の人がいた。

「この前も見たかも、あの人」

「いつ?」

「湖都が、初めて海蝕洞に来た日」

貧相な若い男らしかった。蓬髪《ほうはつ》で顔を隠している。シャツの黄ばみが遠くからでもわかるような、垢に塗《まみ》れた感じがした。

「いやだな、浮浪者?」

目的地がないかのような歩き方。「出稼ぎじゃない? この辺に泊まっているのかもね」

「なんだか危ないわ」と湖都が言った。「よくいるの？　詠子の家の近くじゃない」

陽が沈み、捲るように地上の光が走り去った。影に飲まれると同時に彼は顔を上げ、目が合った瞬間、私は男が眼窩から腐り崩れる幻視を見た。

――ぃあ……。

男の口が動いた。最初は敵意だと思った。けれど違う。昏く激しい意志がこちらへ向けられていた。

湖都が、私の前に割り込んだ。

「ど……、どうしたの？」

「あいつ、今詠子を見たわよ」

「たまたま上を見上げたんだよ」

「ううん、わかるのよ。はっとした顔してた。気をつけて、早く帰ったほうがいい」

湖都は家への山道を登るとき、私が見えなくなるまで麓から手を振っていてくれた。

＊＊＊

私と湖都が、またあの高揚感を求めるのは自然なことだった。映画に影響されたというよりも、自分の思いつきを他の誰かも肯定しているということが背中を押した。

私たちは手分けして小鳥や野良猫の亡骸を探した。ぼんやりしている私を差し置いて、見つけてくるのはいつも湖都だった。冷たくなった子たちを濡らしたハンカチで綺麗に拭いて、用意した箱に布と野花を敷き詰め、海へ流す。

儀式めいた時間が増えると、湖都にも変化があった。すっかり例の三人組に加わっていた彼女が、教室の中でも私のほうへばかり来るようになった。

当然、三人は眉を顰めた。証拠はなかったけれど、前に私の上履きを切り裂いたのは彼女たちらしかったので、少しの優越感と報復を恐れる相反した想いが湧いた。

「湖都ちゃんって、思ってた人と違ったわ」

三人の言葉に合わせて、他の女生徒たちも態度を変えた。「やっぱり本当の性格って隠せないもの」「だって、あの白骨オバケと気が合うんでしょう」

傍観していた男子生徒たちも遠巻きに面白がっているようだった。成績のよさも「ガリ勉」という悪口のネタにされる。久しぶりに現れた狗神がぐるぐると膝の上で唸っていた。「しっ」と背中を撫ぜる。左右から失笑が起こった。

帰り道で湖都に訊かれた。

「詠子って、いつも誰に話しかけているの？」

投げかけられたのは純粋な疑問で、他のクラスメイトたちが訊いてくるのとは意味が違った。

「別に」「嘘よ、私まで誤魔化せると思わないで」

私は湖都に狗神のことを話した。予想に反して、彼女は目を輝かせた。

「すごいわ、狗神なんて……だから、この島の人たちって夜比奈家を特別視していたのね」

「信じるの？」

「もちろんよ」

後ろめたさがこみ上げた。

「……もう、誰も信じてる人はいないよ」

狗神は私にしか見えないし解らないのだ。それは私の中でしか存在していないのと同じだろう。

「だけど、いるんでしょう？　詠子はその子たちを使役できるんでしょう？」

「使役？」考えたこともなかった。

「あら、詠子を護ってくれるんじゃないの？　それから、そうだわ、虐めてくるやつらに呪いをかけてやればいい」

いつも一緒にいる可愛いペットのようなものだと思っていた。首に絡みつくように、狗は躰を伸ばしてきた。

「……できる？」

狗神はあおん！　と鳴いた。気持ちのいい毛皮の感触に首筋が粟立つ。

「なんて言っているの？」

道路を睨みながら、考える。

「……『できる』って。『近ごろは湖都がいたから出てくる必要がなかったけど、詠子が困ったらいつでも助ける』って」

湖都は頬を紅潮させて、私の両手を握った。「あぁ、詠子はやっぱり特別だった！」彼女は私が狗を抱えた腕の中を見下ろした。

「いいなぁ、私も霊感が欲しかったわぁ」

「今日はなんだか機嫌がいいのね」

夕食のときお母さんが言った。狗神がわふわふと忙しなく飛び回っていたので、それを感じたのかもしれない。お母さんも感受性は鋭い。

「あのね、最近転校生と仲良くなったの。あの子が来てから、いいことばかり起きている気がするの」

「そう、どんな子なの？」

お母さんもこのところ機嫌がよくなっていた。纏う空気が柔らかい。お父さんがいなくなってからだ、ということさえ考えなければ喜ばしいのに。

――ぃあ……。

ふいに、砂浜の光景がフラッシュバックした。

あれは「ひさお」と言おうとしたんじゃないか。娘なのだから似ているはずだ。でもすぐに別人だと気がついて……。

「……徳永湖都っていう名前なの。綺麗で勉強ができて、頼りになる人なんだ」

箸を置いたお母さんのようすを窺った。彼女の食べたあとの食器は、いつも気持ちが悪いほど何も残らない。差し向かいでの食事はいつも緊張した。

「この間、砂浜に変な男の人がいたときも庇ってくれたの。家からすぐの坂の下辺り。毎日通るから、少し恐くって」

「まぁ、いやね。どこの人かしら？」

「わからない。痩せこけて、古臭い服を着てて……、まだそこまでおじさんでもなくて……、お母さんと同じくらいの歳かもしれない。目蓋が落ち窪んで、少し垂れ目で」

「垂れ目で」彼女はそこだけ繰り返した。

「……じっと顔を見られたんだ」

私は下を向いたまま言った。

掃き出し窓の続く廊下で眩しさに立ち止まる。サンルームを兼ねているので、天井も半分は硝子になっていた。

十日夜《とおかんや》の月にしては大きすぎた。三本の太い手相が判別できるほどの明るさで、どうにも不吉な感じがする。誰かが動いた。

「……お母さん？」

両手を硝子につけて立ち、遠くを見上げる母の姿があった。真夜中。お手洗いに立ったときだった。

「何してるの？」

返事はない。

鋭利な翅《はね》が横切った。お母さんの輪郭は揺らいで、水滴となって跳ね、羽虫に変わる。私の見ている前で、それは霧が晴れるように消えた。恐る恐るお母さんのいたところに手を伸ばすが、何もない。

早足でお母さんの部屋へ向かうと、お母さんは布団で眠っていた。どう見ても深い眠りの中だった。といっても、青く光る羽虫が飛んでいないのだからいつもとは違う。彼女においては随分と異常なことだった。

もしかして昼間の話のせいだろうか……？　それにしてもあまりにも静かだった。

翌朝、彼女は眠そうな顔をしていると思ったら、数日もしないうちに嘘みたいに血色を失い、目に見えて細っていった。

＊＊＊

「それ、生霊じゃないかしら」

放課後の中庭で湖都は瞳に好奇の光を宿らせ、声音を高くした。

「生霊？」

「そうよ、魂って、生きていても躰から抜けて飛んでいくことがあるのよ」

「お母さん、このところずっと疲れた顔をしてるんだ」

「飛ばしすぎると消耗するものなのよ。コントロールできなくっちゃ」

「私も飛ばしていたりするのかな？　気付かないうちに」

「詠子は大丈夫よ。狗神がいるもの。さぁ、次はあれを狙ってみて」

何の根拠があって言い切れるのだろう。

遠くに立てた空き缶を指し、湖都は腕を組んだ。今か今かと私と的へ視線を往復させる。

おかしなことに、今このときに限って、狗神は出てきてくれなかった。

「ごめん、今日はだめみたい」

湖都は唇を食んで辛抱強く待っていた。

「いると、思えば、いるのよ」

絞り出すようなその言葉は、やけに悲痛に響いた。

まるで願望のように。

仕方なく腕を伸ばして空き缶へ念を込め続けたが、自分の鼻息が響くだけだった。

——ぷっ、ふふ……！

二人同時に上を見た。教室の窓から、例の三人組が顔を覗かせていた。私は赤面して手を下ろす。湖都は目を逸らさずに、緩慢に見つめ返した。

「ねぇ魔女さん、何をしているの？」

答えずにいると、逆さにされた花瓶の中身が降ってきた。水を追って、濃いピンクと橙の千日紅の切り花が落ちてくる。湖都が私に駆け寄ろうとしたが、間に合うはずもなくすべて私に降りかかった。

「あんたたち、降りてきなさい」

湖都は叫んだ。しかし空の花瓶が落ちてきて、真っ直ぐに私の額に直撃した。


目を覚ましたら、闇の中で自室の天井が見えた。疼く額にガーゼが張られていた。制服もパジャマになっている。布団からにじり出て勉強机のスタンドライトをつけると、時計は午前二時を指していた。

机の上にあった四つ折りの紙を開くと、罫線を無視したボールペンの字が走っていた。

詠子へ。明日の朝迎えに行くわ。ただの脳震盪らしいけど、家へついてもすぐに眠ってしまったから心配です。学校へ行けるほど快復していなかったら、あの場所へ行きましょう。話したいことがあるの。湖都。

額が熱い。湖都がいるから耐えられるけれど、まだ眠りたくない。眠ったら明日が来てしまう。

素足で下りた庭は昼日中のように明るかった、あと一歩で満月になりそうだ。

気付けば隣に灰青い女が立っていた。私と同じように天を見上げて。

「おか……」

呼びかけたが聞こえていないようすで女は背を向けた。燐光を侍らせた後ろ姿が家屋の陰に消える。

待って――。

何もかも忘れて追いかけた。熱帯の海の魚になったような心地だった。声帯はなくなり、私の言葉は泡となり、浮力で飛んでいく躰に置き去りにされる。

母は一切の音を立てずに、すーっと滑っていく。月の明るいところへ出ると、案の定脚が動いていない。揃えた筒状の裾がはためいて、直立したまま、すーっ……、すーっ……、止まっては進む。

影を曳いていなかった。煌々《こうこう》とした月光を浴びながら、段々と高度を上げていく。躰も縮んでいった。ぼうっと光る蒼い粒子が輪郭から散って軽くなったのか。

坂の下へ。舗装路からまた舞い上がり、綿毛のように堤防へ膝で止まった。

追いつくと、女の横顔は私よりも幼かった。散ったのではなかった。生霊は若返っていたのだ。

少女は前へ倒れ、無重力の大気を、頭を下にふんわりと落ちていった。両目から燐光がほろほろと零れていた。

私は堤防に身を乗り出す。少女の揺蕩う先には、痩せた背中があった。

砂浜に伏せられたいくつもの小船の隙間で、あの男の人が膝を抱えて眠っていた。その頭上で少女は浮遊する。垂れ下がった髪の隙間から、崩れた光が彼の髪に降り落ちては、どこにも染《し》まずに水銀となって砕けた。

あぁこれか。これのせいでお母さんは弱って来ているのだ。

毎夜、毎夜、ああやって求めて。躰に障らぬわけはない。


お母さんは躰がだるいと言って起きてこず、私は坂本さんと二人で朝食をとった。

迎えに来てくれた親友と坂を下り、堤防から浜を見やる。男はいなかった。張り替えたガーゼのテープに前髪が引っかかって目の前に金茶の線を描いている。隣を歩く湖都はいやに大人しかった。

「話したいことって？」

自然と繋いだ指先は夏に気持ちのいいぬるさで、吸い付くような質感は、すぐに消えゆく私たちの若さそのものだった。

「もうすぐ、転校するの」

ざんざんと右手から規則的な音がする。三度鳴って「いつ？」また一度鳴って「明後日」二度
「急、過ぎない？」

「本当はもっと前から決まっていたのよ」

湖都が転勤族なのは知っていたのに。

波に飲まれそうな声で、彼女は言った。

「……特別な力がなくっても、よかったのよ。離れても、私たちは何も変わらない。そうでしょう？」

ホームルームの間は、もうすぐ夏休みだとか、休み中は出稼ぎの者が増えるから女子は気を付

けろといった諸注意が耳をすり抜けていった。担任は最後に教室を見回した。

「最近、夜間に学校へ出入りしている者がいるらしい。宿直の先生方が何人も目撃している」

担任はクラスの中でも派手な男女を怪しんでいるようだった。煙草の吸殻も見つかったとか。狭い島だ、今までも場所に困った上級生が、窓の鍵が壊れた一階の理科室へ忍び込むことがあったらしい。

一限目の教科書を取り出そうとしたとき、机の中に破り取ったポルノ雑誌のページが入れられていたのを見つけた。私の反応を窺う三人の視線。わおん。私にしか聞こえない鳴き声がする。私は机の中でページを固く丸めた。

＊＊＊

翌日、ついに私刑《リンチ》にあった。

湖都は引越しの準備で早退していた。教室に男子生徒がいないときを見計らって、彼女たちは近づいて来た。何に怒っているのかは今一つ解らなかったけれど、これまで「疎外」で済んでいた感情に、転校生を思い通りにできなかった苛立ちが上乗せされたらしいことは理解できた。

数人がかりで押さえつけられる。キチキチと太いカッターナイフの刃が伸ばされた。手首の皮膚をぷつんと裂いて、ゆっくりと肘裏へ刃先が動く。腕に力を込めて、親指を痛いほど握り締めた。

「ねぇ、何これ……」

誰かが怯えたように言った。「血が出ない」私は湖都のことを考えていた。お母さんの躰を想っていた。

「なんで？」狗神がカッターナイフを握る手に絡みつくところを想像した。

「やだ、どうして？」誰かがやめようよ、と言いだす。夜比奈さん家ってやっぱり恐いよ。少女たちは「気持ち悪い」と言い捨てて教室から逃げて行った。

握っていた拳を開くと切り傷からじわっと血が滲んだ。手の平に三日月型の痕が四つできていた。

前に湖都に聞いた眉唾ものの方法だった。彼女の好きな戦争映画で、切られた腕の筋肉に力を入れて出血を止めるというシーンがあったらしい。力を抜くと噴水みたいに血が噴き出すのだという。

私はその場にうずくまって嘔吐した。

これからもずっとこういうことが起こるのだろうか。この狭い島で、これからもずっと。

お母さんは嘘みたいな青いくまを作って、食欲もないようすだった。

「じゃあ、ね。お母さん。行ってくるね」湖都が転校する日も、私は家の中では変わらない態度でいたと思う。

長い坂を下っていく。明日から、一人。私は一人で何かができたことがあっただろうか。衣食住も満たせなければ、勉強もできないし、他に何もない。かろうじて湖都を笑わせることくらいしか。

厭だ、厭だ、と坂が終わるまで呟いていた。

湖都は教壇に立ってみんなに別れの挨拶をした。全員が宿題として課された「お別れの手紙」

の原稿用紙が教卓に積み上がっている。家の人が迎えに来て彼女は昼前に去った。

学校が終わると、私は海蝕洞へ飛んでいった。湖都はもう船の上だろうか。

洞内へ降り立った私は現れた光景に膝を突いた。

入り江には茶色い枠線の原稿用紙が引っかかって浮いていた。オンボロの小船の横腹にはいくつもの靴跡。

堪えていたものが発露する。

「――厭だ、厭だ……、湖都……っ」

子どものように、うつ伏せに四肢を広げて地を蹴った。

やがて、転がった姿勢のまま顔を上げたら、階段のある壁面に赤い文字が書かれているのに気付いた。


――今夜、狗神を飛ばせ。


近づき触れれば、厚く塗りつけられた水彩絵の具だとわかった。

狗神……。今言われるまで忘れていた。当然だ。

狗神は、さみしいときにしか出てこないし邪魔なときは出てこない。私が「いる」と思いたいときだけ「いる」。何もかもが私に都合のいい存在なのだから。

湖都は様々なオカルト本や郷土史を読んで、私の狗神を肯定する術を探していた。

「……おいで、出ておいで」

掠れた声で呟くと肩の上に久しい重みが乗る。

その夜、縁側から庭に出て、欠け始めた月に祈った。他に狗神を飛ばす方法なんて思いつかなかった。

すべてはごっこ遊び、初めは私だけの秘密の一人遊びだった。

――いると、思えば、いるのよ。

水葬と一緒だ。自分以外の人が肯定した途端、不思議の中にいた存在は強固になる。

「いるの……？」

私は誰にともなく問いかける。

背後を掠めた気配。

「――お母さん？」

燐光を纏った少女が袂を翅に飛んでいった。最初に見たときより高く舞い上がり、潤った瞳の横顔は酷く自由に見えた。

「……行ってらっしゃい」

月に向き直る。

みんな、みんな、私から離れていく。

わふん、と獣臭い息が鼻をくすぐった。

あぁ、いるんだ。

お行き、と命じてみる。

さあ遊んでおいで。

翌朝、校庭には人だかりができていた。

夜半に一階の理科室がガス爆発を起こしたという。窓下の土に残った放射状の黒い痕がその勢いを物語っていた。

夜中に充分調べられたのだろう、駐在さんが張った縄からさらに広く、生徒たちを寄せ付けないよう、教師たちがスズランテープを張っていた。

「病院ってどういうことですか？」例の三人組のうちの二人が、取り乱したようすで担任に詰め寄っていた。もう一人がいない。彼女と仲のよかった男子生徒も。

バーナーに繋ぐ実験用のガスホースの根元が緩んでいて、元栓も開いていたために、煙草に火をつけようとしたところ男女とも……ということらしかった。みんな愕然とした顔で固まっている。私だけがぽかんと開けた口から自然と声を漏らしていた。

「は……は……」

周りの人が丸く捌《は》ける。クラスメイトが全員こちらを見ていた。

「何、笑ってるの……？」

下を向いて髪の緞帳に隠れた。それでも抑えきれず肩は揺れてしまう。

私の頭から飛び上がった狗神が、理科室の前へしゃんと着地して、遠吠えした。

空気が震えるのを、私だけが感じていた。

肩で息をしながら教室へ向かった。ずっと、自分の妄想だと思っていたのに。小さい子がよくやる空想の友達のような。湖都の熱心さに気まずい想いをしたことすらあったのに。

「いたんだ……、本当にいたんだ……！」

廊下を走りながら、誰の目も憚らず哄笑した。

私に近寄るものは誰もいなくなり、残る二人も私がちょっと蹴躓《けつまず》いただけで怯えるようなそぶりを見せるようになった。

体育館であの男女の追悼式が開かれたが、私は保健室で狗神を枕に寝ていた。

そのまま夏休みに入った。

＊＊＊

海蝕洞で、湖都が引っ越す前にくれた住所のメモを眺めていた。

たったの数枚、便箋に文字を連ねるだけで彼女は私のことを忘れないでいてくれるのだろうか。これまでの日々の密度に比べれば取るに足らない。共に過ごしたときの、すべてが通じ合ったような気持ちはきっと風化してしまう。

「今さら書くことなんて、浮かばないよ。……ねぇ」

仰向けになった腹に四つ足が伸《の》しかかった。湖都のほうから手紙や電話が来ることはなかった。私を好きだと言ったくせに。午后になり、家に帰る道中で空気が湿っているのがわかった。台風が来る予感をテレビの天気予報がなぞった。

「詠子ちゃん、お母さん見なかった？」

坂本のおばさんが空模様を気にしながら言った。

「いいえ、見てません」

「変ね。部屋にいないのよ。朝ご飯のとき見たっきり」

「買い物か散歩に下りていったんじゃ？」

「今日も具合が悪そうだったけど……」

お母さんの部屋はいつもと変わらず、財布もハンカチもなくなってはいない。外着に着替えただけで、本当に手ぶらで外へ行ったらしかった。坂本のおばさんはお母さんが行きそうなところに電話をかけてくれたが、それもたったの三件で済んだ。

「困ったわ、何もないといいんだけど……台風も来るし、うちの人と息子に町はずれのほうも探してくれるように頼んでみるわ。スクーターがあるから……」

お手伝いさんの仕事の範疇外だろうに、厭な顔一つしない。私は庭へ下りて狗神に訊いてみた。

言葉は返せないけれど方角を教えてくれるような気がした。

気のせい、ではない。狗神はいる。湖都は間違っていない。

腕の切り傷が熱くなる。

狗のあとについて、庭の裏手から獣道を登っていった。ぽつりと頰に雨粒が止まった。突き出た低い枝が脛を引っ掻いた。

いる。燐光の気配がする。

走り出す。前のめりになり、何度か転びそうになる。雨脚が強くなる。頭上の枝々が割れ、遠くの山に巻き付いた螺旋状の坂道が見えた。

おん！　と狗神が吼えて、高く飛んでいった。木立を透かした人影は浜で見た男だった。少し離れて後ろを歩く女の着ているものは目に馴染んだ浅葱色だ。

行く当てもなく歩いているようにしか見えなかった。微かな燐光に覆われた彼女は、生身なのか生霊なのかわからなかった。

あんなに優しい横顔を私は知らない。

ねぇ見てよお父さん。

あの少女のような憂いの微笑みを。


——お母さぁぁぁーーん。


吠えるように叫んだ。白骨の躰に罅《ひび》が入る。狗神は白い線のようになって、まっすぐに彼女へ飛んで行った。

お母さんがこちらを見て、惑った草履は濡れた草を踏んだ。揺らいだ光の残滓が彼女のいた場所に尾を引く。落下の瞬間はあまりにも静かだった。

膝と両手を地面に突いて、私は硬直するしかなかった。遠く、音もなく女は森に飲まれた。あの男はすでに坂を下り、走り出していた。

「……おか……さん……」

雨粒が肌を叩く。

お母さんが落ちた辺りを目指した。切り通しの道を進むと山裾に着いた。

地面から突き出た岩の回りで、血溜まりが雨に希釈されているのを見つけた。お母さんの姿はどこにもない。

これだけの量の血を流して、人間は生きていられるものだろうか？　山の坂道を見上げる。この距離なら男のほうが早くここへ着いただろう。

日没が迫っていた。私は来た道を戻り、家の玄関にずぶ濡れで現れた。

「どこへ行っていたの……！」と坂本さんが両肩を摑んできた。私を部屋にいるものと思っていたようだった。

山狩りは、日没が近いため早々に打ち切られた。続きは明日になるという。

坂本さんは私を残していくことを渋っていたが、頑なな態度を貫くと、最後には折れてくれた。

お父さんもお母さんもいなくなった家は広かった。

そこかしこに二人の匂いが残っていた。私を置いていった人たち。もう戻ってこない人たち。

外は嵐に狂っていた。どしゃ降りと雷の音が土壁をすり抜けて聞こえる。

――二度と戻ってこないから。

おやすみなさい。

ふかふかの布団の中で、お父さんの枕と見えない獣を抱き締めた。

＊＊＊

明け方にはパウダーブルーの空が広がっていた。

狗神が目の高さを散歩していくのを追いかけ、ふらふらと辿り着いた先は海蝕洞だった。

どこかで予感していた。階段脇の壁際で、あの男の人がお母さんを抱きかかえて胡坐を掻いていたのだ。お母さんの髪には赤黒く固まった血がついていた。

「ずっと、ここへ隠れてたの？」

瘦せた彼の手脚は相対的に長く見えた。お父さんよりずっと頼りないけれど立派な男の躰つきをしていた。腕の静脈が浮き上がり、手も踵も皹割れ、あちらこちらに瘡蓋があり、肩には雲脂《ふけ》が散っていた。柔らかそうな蓬髪が顔を隠している。息はしているがほとんど動かない。

「あなた……、お母さんの何？」

前髪の隙間から黒目が動いたのが見えた。私の顔を見ているようだった。誰もが親子であると一目でわかるこの顔を。

耐えられずに、自分から切り出してしまった。

「ごめん、なさい……。私が、私がお母さんを、驚かせてしまったせいで……」

しかし男は、緩やかに首を振った。

私は跪き、お母さんへ手を合わせた。そうして祈る間に決めた。

「私、すべて知らないことにするから、ここで送ってあげたい」

海を指差す。男は聞いているのかいないのか、やはり動かない。

「あなたも、お母さんを取られたくないんでしょう？　だからこんなところに隠れていたんでしょう？」

私は立ち上がり、壁際のオンボロの小船から私物をすべて放り出して、波打ち際まで引きずっていった。

「二時間後にまた来るから、お別れを済ませておいて」

どくんどくんと鼓動が上がっていく。高揚した気分のまま階段へ走り、上る前に一度振り返った。

「約束する。あなたのこと、誰にも言わない」


お母さんを水葬する。

その考えは私を爪の先まで支配した。

今日は坂本さんが来る日ではなかったけれど、当たり前みたいに八時前には来てくれて何くれと世話をやいてくれた。

山狩りはもう始まっているらしかった。

坂本さんは二言、三言、声をかけたあと、私の反応が芳しくないことを知るとそっとしておいてくれた。彼女は今日一日うちにいて、私のようすを見ている役になったらしい。私は少し眠るから起こさないで欲しいと頼んで自室へ下がり、縁側から外へ出て海蝕洞を目指した。

彼がまだそこにいたことに、私はほっと息を洩らした。彼は蛇腹になった古い紙を広げて読んでいるようだったが、私に気付くと畳み直して大事そうに懐へ仕舞った。なんと声をかけようか、と舌を口蓋から離したとき、小船の中が見えた。

お母さんが手を合わせた姿勢で納められていた。彼女の周りは、名もなき野花で飾られていた。手脚の泥は落とされ、肌は磨かれたように光を返していた。着物も着せ直し髪も手櫛で梳《す》いたのだろう。これまで何度も見た、眠っているときの姿に近い。

黙禱、と私が呟くと、彼が立ち上がる。

波音が洞内にこだまする。砂嵐の音にも似ていた。艫《とも》へ両手をかけ、体重をかけてじりじりと水面に落としていく。男が片手を添えてくれた。

着水した棺は水の上を滑った。私は入り江の脇の水溜りを踏んで押していった。

反対の岸では、すでに手を離した男がついてくる。

出口へ差し掛かると、陽が斜めに死体を切りつけた。

背筋が粟立つ。高揚感が、船の縁を摑んだ手を熱くしていた。

お母さんを見るのはこれが最後になる。

人間を水葬する、なんて……。

風の音だけが満ちる、天と海しかない世界。背中越しに板一枚隔てた奈落。何十年も生きた鯨や奇怪な深海生物が跋扈する、宇宙と並ぶ静謐。

さようなら。

すべて水に流そう。きっとあなたも不幸だったんだろう。力強く船を押し出した。

かつん、と軽快な音。男が岩を蹴って船に乗り込んでいた。彼は迷わず岩壁を蹴って勢いをつけた。

私は腕を伸ばしたまま目を瞠った。

ざんざんと波が弾けていた。

「嘘……」

船底に膝をついた男は振り返り、深く頭を下げた。打ち寄せる波に向かい追いかけたが、突然足元を踏み抜いて、溺れそうになりながら後ろへ戻った。

浅瀬に立ち尽くす。塩分が鼻の奥を灼いた。

小船はすでに小さく、男はこちらへ背を向けていた。


午后、坂本さんが家へ駐在さんを連れてきて、失踪届けやら、難しい話をしていたのだけれど、私はそこで泣き出してしまった。

涙は本当に出てきたものだった。けれど雫に感情が溶けて排出されていったみたいに冷静になれたので、私は疑いようのない泣き顔を利用することにした。

「実は……見たんです。でも信じたくなくて、見間違いだと思おうとしたんです」

耳の奥で水の唸りが渦巻いていた。

「何が？　詠子ちゃん、何を見たの？」

「台風が来た日、堤防沿いを学校とは反対方向に探してみたんです。お母さんがよく散歩する道だから。それで、波止場に立ってるお母さんを見つけたんですけど、大きな波が来て……」

「まさか……」

「はい、一瞬で……もう、探せなくて……」

大人たちは言葉を失った。

「黙っていてごめんなさい。みんなが大変な思いで探してくれているのを見たら、本当のこと、言わなきゃって……」

坂本さんは私を抱き締めて「よく話してくれたね」と頭を撫でてきた。

＊＊＊

夏が終わる。

一昨日、人間を水葬したいきさつを詳しく書いた手紙をポストに入れた。

クラスメイトが二人と、母親と浮浪者の男。立て続けに四人も死んだことを偶然で済ませられるほど、無神経にはなれなかった。

狗神は私の無意識を叶えた。人を呪わば穴二つ。もういつ死んだって、文句は言うまい。

休みが明ける前に、その人はやってきた。

「遠いところをまぁ、恐れ入ります」

坂本さんは変わらず善意で私の世話を焼いてくれていた。

その人はスーツを着たお付の人に車椅子を押され、優しそうなふっくらした目蓋を震わしていた。プレスの利いた幅の広いズボンの裾から、木製の義足が覗いていて、手を借りて立ち上がった膝の曲がり方にぎょっとしたけれど、その声を聞くと懐かしさに襲われた。

「君が詠子ちゃんだね。初めまして」

血色のよい童顔の男は、不村愛一郎《あいいちろう》と名乗った。

「叔父さんは、君が赤ちゃんのころの写真を一枚だけ貰ったんだけれど……、それがもうこんなに大きくなったんだねぇ。目の感じが、久緒姉さんにそっくりだねぇ」

東京に叔父がいることは知っていたが、若くして会社を興した独身貴族だということ以外、知らされていなかった。ふっくらとした体軀、薄く太い眉、どこかとぼけた感じの微笑を湛えていて、脚に障碍があることを感じさせない、気さくでユーモアのある人だった。坂本さんも、いつもよりずっと饒舌になっていた。

その日のうちに、私は愛一郎叔父の元に引き取られることに決まった。

「私、東京に行くの?」

夕飯のあと、「散歩をしよう」と誘われた私は杖を突いた彼と、家の近くを二人きりで歩いていた。

「ああ、期待をさせていたらごめんよ。ゆくゆくは東北に住もうと思うんだ」

私より僅かに背の大きいだけの彼がのんびりと歩く姿は、ウミネコのようだった。

「東北?」

「そう、昔僕と姉さんが住んでいたところにね。何にもなくなってしまったけど土地だけは、今でも持っているから。もう一度そこに家を建てるんだ」

母の生家は火事で焼けたと聞いていた。

「あの土地は何があっても手放してはいけない。不村家の血を継ぐ者しか住んではならないんだ」

「どうして……?」

「〝あわこさま〟が、いるから」

それは先代の遺言でずっと昔から一族に伝わって来たことらしかった。

「本当はね、僕の代であの土地は手放してしまおうと思ったんだけど、そういうわけには、いかなくてね」

「あわこさまって、誰? どうして手放せないの?」

「どうしても。人手に渡らせてはいけないんだ。帰りたくはなかったけれど、あの辺りも昔とは随分変わったらしいから、きっと大丈夫だろうよ……」

彼は柔和に、けれど寂しげに遠くを見た。

「意味が、解らないよ」

「うん、全部、おいおい教えてあげるからね」

彼は疲れたのか樹の幹に寄りかかったので、私は手を貸した。

坂の下の海に灯がいくつも見えた。一列に並んだ短い点線の一つ一つが漁船だ。いくつも、付かず離れず遠ざかっては揺れる。

「見て、漁火が見えるよ」

指を差すと「ああ」と彼は溜息を洩らした。

「綺麗だね」


広大な土地を整備して家が建つまで数年かかるということだった。それまでの間は山の手のマンションで二人で暮らすことになり、私は東京の高校へ編入した。

愛一郎はいくつもの会社や貸しビルを持っていて、家賃収入だけでも相当な額があるようだった。私を引き取ってからは、ほとんど人に任せるようになってしまったらしいが、豊かさは網元であった実家の比ではなかった。

一人になるのはもう厭だった。

私は彼に付きまとい、彼も私を非常に可愛がり、隣にいると呼吸を忘れるような静けさで満たされた。やがて私は彼の立ち座りや装具の取り付けを手伝えるようになり、お付の人が通ってくる時間は減った。

湖都からの手紙はまだ来なかった。転送届けは出しているし、坂本さんにも何度か電話をして実家の郵便受けはチェックしてもらっていた。

真夜中、目裏《まなうら》に小船の影が遠のく光景が浮かんだ。あのとき、こちらへ背を向けていたはずの男の顔が見えると、恍惚とした表情で——といったふうな悪夢を、何度も見るようになった。目を覚ました私は叔父の寝室へ向かう。

義足を外した不恰好な肉体が横たわっている。寝ている間に強盗など入ってきたら無抵抗に殺されてしまうだろう。なぜ、そんな彼の躰が無性に好ましく思えるのか不思議だったのだけれど、この躰では私を置いてどこかへ行くことはけしてできないからだと、しばらくしてから思い至った。

「愛くん、愛くん、どうして湖都は返事をくれないんだろう」

「またそれで泣いていたのかい。大丈夫だよ、きっと何か事情があるんだ」

もう、彼のことを、ただの親戚の叔父さんだとは思えなくなっていた。

「ねえ、詠子。まだ僕に話していないことがあるんじゃないかい？」

「…………」

「言えないようなことでも、もうどうしようもないことなら責める気はないよ」

「どうして？」

「……人は間違えるものだから。僕も昔、酷いことをしたから」


すべて話し終えたあと、あの日々の記憶は急速に私の手を離れた。

手紙に込めた私と湖都だけの秘密を、裏切ってしまった気がした。

愛一郎はこちらへ背を向けて、長いこと黙っていた。

「ごめんなさい、ごめんなさい……」私は繰り返す。「私は人を、呪い殺したの」

しかし窓に映った彼の表情は、単純に姪の引き起こした悲劇を嘆いているのではなかった。

「詠子」と彼は言い含めるように「まず、君は誰も殺していないから安心なさい」と私の額を指でなぞった。

「恐怖で誤魔化す必要は、ないんだよ」

愛一郎は順を追って説いてくれた。

「確かに夜比奈家には、かつて狗神が憑いていたという謂れがあった。けれど現代で、君の言う狗神というのは、ただの、想像の一人遊びだったんだろう？」

そう言われて、私はかろうじて頷くことができた。

「一人が退屈で、空想の友達を作っていたんだろう。見えないものが自分だけ見えたり、特別な力があると思いたくて、密かに『そういうものがあるつもりで生きる』。中高生なら、よくすることだよ。けれど湖都が転校してきた。仲良くなった湖都はオカルトが好きで君の狗神を信じた」

湖都が私の力を信じ、羨望の態度を見せたことは、嬉しくもあり困りもした。

「君は憑きもの筋、両家の血を引いている。人より感受性が鋭いのだろう。姉さんの生霊や、羽虫の燐光が視えたのだから」

「そうだよ。他にも説明のつかないことが、たくさん……」

「けれどきっと、視えるだけだ。使役なんかそう簡単にできるものじゃあない。狗神は詠子が孤独なとき、退屈しているときしか出てこない。湖都と遊ぶのに夢中になっているときも、ほとんど現れない」

いつから私は狗神の力を本物だと思うようになった？　理科室が燃えたときからだ。私は狗神を使えるんだと思い込んで……。いいや思い込もうと、していた？

海蝕洞に残されたメッセージ。

湖都がそう言ったから。湖都がそれを望んだから。

「湖都は君の狗神を信じたかったんだ」

「でも使えなかったから、見限ったの……？　それで返事が来ないの？」

「湖都はあの島を去る前に、君に置き土産をしたんじゃないかい」

愛一郎は一息に続けた。

「半分賭けだったんだろうよ。人死にが出るとは思っていなかったのかもしれない。彼女は普段から溜まり場になっていた理科室に細工をして、君に『今夜、狗神を飛ばせ』と伝えたんだ。そして湖都の目論みは予想以上の成功を収めた」

「……あれを湖都がやったって言うの？」

咄嗟に浮かんだ言葉はしかし、考えれば考えるほどあり得る気がしてきた。

「僕にも彼女の真意は解らない。狗神に憧れるあまり自らの手で事件を引き起こしてしまったのか……。それとも本当はいないと解っていたけれど、詠子が心配でクラスの子たちに夜比奈家の呪いを信じ込ませようとしたのかもしれない。あるいは、クラスの子たちが事故を詠子へのいじめと結びつけなくっても、君自身が『狗神が護ってくれる』と信じるようになれば、心の寄りどころができると思ったのかもしれないね。手紙をくれないのも、彼女がやったという可能性を示唆していると思うんだ」

私は唇を引き結ぶ。

——いると、思えば、いるのよ。

「一連の事実が明らかにならないように、詠子との繋がりを絶とうとしているんじゃないかな。自分の犯行だってバレたときに、詠子が理由だったって誰にも知られたくないんだ」

「でも……、それはすべて愛くんの想像だよね？」

「うん。だけど思い返してご覧よ。小動物を水葬するときだって、死骸を見つけてくるのはいつも湖都だったと、君は言っていただろう。君が一度も見つけられなかったのは、ぼんやりしていたからじゃない」

涙が、止めどなく溢れてきた。

愛一郎は私の頭を撫でてくれた。窓硝子の向こうではすでに朝日が顔を出している。鳥の声と自動車の音が、もう一度眠るにはちょうどいい雑音だった。

泣き疲れてまどろみの淵に沈みかけていたとき、「それからね」と愛一郎は言った。

「姉さんのことは事故だった。自分を責めては、いけない」

初めて出会ったときの直感は間違っていなかった。彼は欲しかった言葉を与えてくれる。置いて行かれる孤独をこの人も知っているのだと、そんな気がした。

「それから、浮浪者の男も殺したと言っていたね」

あれが一番悲惨な殺し方だった。

彼はあのあと、飢えと渇きを味わいながら……。

「それも、君が殺したことにはならないよ」

叔父の言う通り。

もう、わかっていた。

「彼が、望んだことだから……」

私には人を呪う力なんてない。

あの男のしたことはきっと、呪いよりずっと深いもの。

どうして叔父が泣くのか、解るはずもなかった。

いつか教えてくれるといい。「おいおいね」と言っていた色んなこと、すべて。今は頭がパンクしそうで考えられないけれど。

不村詠子は彼の胸に額を押し付けて、再び眠りに落ちた。

——一九七八年　秋
東京某所、マンションの一室にて

白木蓮

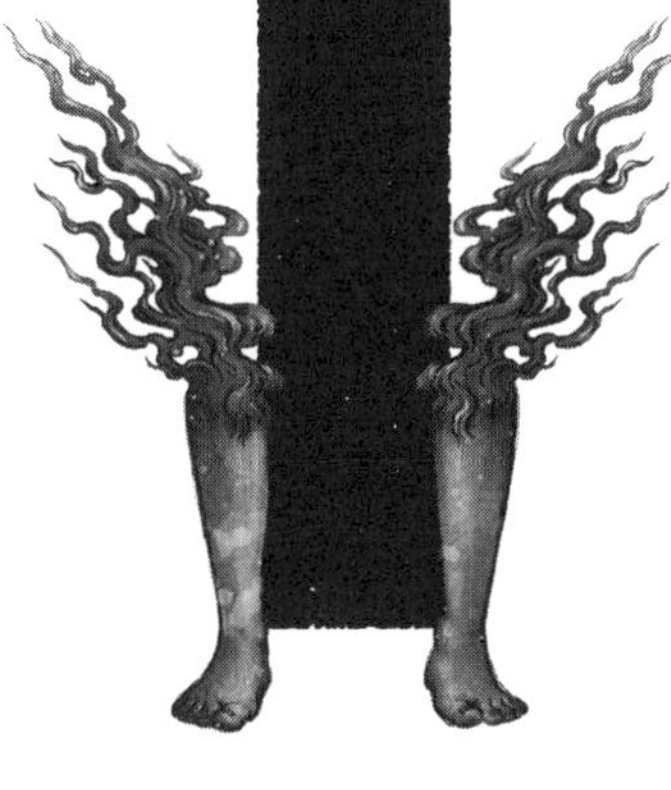

不村《ふむら》ヨウには胎《はら》の中にいたころの記憶が残っている。

生まれる前、彼女にとって羊水は空気で、光は途方もなく薄められて届いた。夏の暑さも、冬の寒さも、守られた世界にはさしたる影響を与えず、筋と脂肪でできた壁の向こうから優しいものが触れてくる。

音がする。今でこそ〝声〟と解るその音は、ヨウの中では当然、意味を成さない。しかしそれを聞いて揺れ動く塊があった。長い紐の先で、黒い粒を二つ内包し、ばら石英の色をした珠が赤い貫入《かんにゅう》で飾られてゆく。

ヨウは自分も紐の先についていることに気が付いた。躰を貫く管ができて、水が通り抜けるようになった。出口のすぐ上に尾っぽが生え、四つの足はすくすく伸びていったが、目の前の珠はそのまま大きくなるばかりだった。

尾っぽがなくなったころには、珠も随分と大きくなっていた。珠はヨウよりも機敏にくるくると目玉を回し、壁の向こうを見据えていた。ヨウは足の爪先を母体の肋骨に引っかけて遊ぶ。

やがて聞き慣れた声に加えて「センセ」というのがよく喋るようになった。「オヤセンセ、ソンナゴシュミガ」「ヨットハイー」愉快なリズムで壁をすり抜ける光。トン、ツー……トン……。

ある日、珠はヨウを見つめて雄叫びを上げた。といっても気迫に反して水を小さく震わせただけだったけれど。珠はヨウの手に噛み付いた。ふにゃりと柔く、右手に左手に、足も噛んで引っ張った。ヨウは気持ちがよくて身をよじるが、すぐに厭になってきて、狭い中でぎゅうぎゅうと肉の塊を蹴った。

このとき、ばら色の珠はもう、すべてを理解していたのだ。

闇は突然に切り裂かれた。

陸の生き物が洪水に襲われるように、空気というものの圧倒的な物量に二人は恐怖した。水圧から解き放たれた躰は膨張して破裂してしまいそうだった。二人は本能で、すでに一本の管ではなくなった器官から、初めての呼吸をした。

エコーの画像から心積もりはしていたが、青い手術着を血塗《ちまみ》れにした〝センセ〟は嘆息せずにはいられなかった。

ヨウに向けられたのではない。泣くことに夢中だったヨウは知らない。センセが両手で取り上げていた珠が、何をしたかを。

あとほんの少し早くセンセが諦めていれば。ほんの少し彼の勘が悪ければ。

珠は死に物狂いで口を動かしていた。あーんと長く、ぱっと短く。

センセ――もとい産婦人科の開業医である梶神《かじかみ》医師は、その重度の障碍児が放ったモールス信号に気付いてしまった。


――シ・ニ・タ・ク・ナ・イ。


彼は一度だけ、妊婦とその後見人である叔父、不村愛一郎《あいいちろう》の前でヨットの話をしたことがあった。

両足が義足の愛一郎は、活発でパラスポーツを愛好する資産家であり、聡明で紳士的な男だった。ぼんやりとしていて未婚で妊娠してしまった姪とは正反対だ。

不村家の女たちは五百年以上も前から、産婆をしていたという。その弟子にあたる者を始祖として、今の梶神一族はみな産婦人科医になったという歴史があった。

それで、確か……、自分がモールス信号を覚えるのに使った、お勧めのビデオ教材を愛一郎に貸したのだったか……。

彼は妊婦の股の陰でこの子を絞めて、看護婦に手渡そうか……と考えた。

沐浴させて、ガーゼをたっぷりと使って顔だけ出した形に包み、頬紅を差して箱に収める。母親が落ち着いたころ「死産だった」と伝えに行くのである。

それは父から、祖父から家業を受け継ぐにあたり、何度も聞かされた「昔からのやり方」だった。

淘汰されないのは人間だけだ。患者たちのために、手を汚すことが己の……。

――シ・ニ・タ・ク・ナ・イ。

ほとんど首だけで生まれたその子は何度も訴えてきた。

――S・O……。

妻でもある看護婦が「やるの？」と目で急かす。「なら早く」彼の手に手を重ね、濡らしたガーゼを近づける。

「だめだ…………！」

彼は妻の手を払い、その子の背を……背中に近い働きをしそうなところをさすった。

「泣け、泣け……、泣いてくれ」

逆さに揺り動かされ、不村コウは産声を上げた。

どんな文字にも変換できない奇妙な低音だった。

声帯を持たないコウが声を発したのはただ一度、このとき限り。

医学的には到底生きていられるはずのない躰だった。必要な器官がごっそりと欠けているのだ。完全な頭部と、細い首。その下は大人の拳大の丸い肉塊で、肛門は付いているが、性別は不明。まるで台座のついた頭像のような姿だった。台座の部分からかろうじて心音がした。

ほどなく死ぬことは明白だった。この子がどんなに生きたがっても。

「愛一郎さんを、呼んできてくれ」

梶神医師は妻に頼んだ。

コウは気圧に慣れない耳でヨウの気配を探っていた。ドアのない続き間の隣室から水音が聞こえる。わずかに上がった湿度がコウを切なくさせた。

コウが産湯に入れてもらえたのは結局、ヨウが眠って、詠子《よみこ》も意識を取り戻し、愛一郎が決意を固めたあとだった。

コウは泣きながら、中空に思い浮かべたヨウの躰をぱくぱく噛む。

二人は双子の、きょうだいだった。

＊＊＊

あれは私たちが四歳か、五歳くらいのころだったか。

油照りの七月は仄暗《ほのぐら》く、夏用のカーペットの上で昼寝から目覚めたら、全身にじっとりと汗を掻いていた。タオルケットの下から、抱き枕にしていたコウが「お・は・よ」と口を動かす。双子のコウ。妹か弟かもわからない、私の片割れ。

眠い目を擦って「おはよう」と返し、目蓋に軽くキスをする。しょっぱさに笑う私を、コウは胡乱な瞳で見上げていた。伸ばした舌で手の甲をべろりと舐められ、私はさらに無邪気な笑い声を上げる。

自分とそっくりな顔の生首を抱きかかえて廊下へ出ながら、大きな声で母を呼んだ。一歩ごと足裏を剝がすフローリングの感触。

(詠子はいないよ)

コウは言った。言う、といっても声でなく瞬きと口の動きで伝えるのだけれど。私と母と、大叔父にあたる「愛じい」は、それでコウと意思疎通がとれた。

コウは私に(客間へ)と促す。(誰か来てる)

廊下の奥に、あの子が立っていた。

「あの子、また怒ってるよ」

(あの子じゃない、泡子さま)コウは私の指を食む。

(客が来てるからだ。あれは、普通の人間に嫉妬するんだ。無視、無視)

コウの言うことはいつも難しいので聞き流すのが癖になっていた。詠子が言うには「神がかり」だから、頭がよすぎるのだという。コウの言葉は、そのときは理解できなくても、あとになってその意味を理解できるということがままあった。コウはあらゆる事柄や知識を総動員して起こりうる未来を推測する。まるで予言のように、すべてお見通しという顔をして。

客間のドアの前でコウが制止をかけ、私たちはそのまま立ち聞きをした。

「……出生届は出していないんだよ」と、愛じいの声。

「提出期限までに死ぬと思っていたからじゃあない。あれで生きているなんてことを公にできると思うかい？　医学界がひっくり返るどころじゃあない。どこをどうとっても生きていられるはずがないのさ。ほとんどの内臓がないんだ」

「けれど、生きている。そのうえあなた以上の力を授かった『神がかり』だった」

　初めて聞いた男の声がそう言い、今度は愛じいが問いかけた。

「あの子は……生きていると言えるのかな？　なんだか僕には、生身の人間というよりも霊的な存在に思えるよ。家族以外にも見えるし触れるし、そこに存在しているのは確かなんだけれどね」

「何かしらの力が働いているのは間違いないでしょうな。ふとしたきっかけで、その魔法は解けてしまうかもしれない」

　私は命じられるままに、鏡板にコウの耳を押し付けた。

「本当に因果な一族ですね。生まれる子どもは〝あわこさま〟に躰を納めるほどに、人智を超えた才気を授けられる。何度潰れかけても、稀に生まれる天才児が一人で家を興隆させて続いていく……」

「納めたなんて……。勝手に喰われてしまったのさ。僕も、コウも」

「どちらも相応しくないのかもしれませんね。『お返しした』と言うのはどうでしょう」

「返す、だって？」

「だってあなたがた、数え切れないほど摘み取って来たのですから」

　唐突にドアが開かれた。愛じいが、びっくりした私を見下ろしていた。

「だってコウが……！」

咄嗟に口走り、コウを差し出したけれど言葉の続きは出なかった。

(今来たところよ。ノックしようとしたら、盛り上がっていて躊躇ったのよ)

コウは動じることなく言った。

愛じいはコウを抱き上げ、私たちを部屋に入れてくれた。私はテーブルの上の真っ白なケーキに手を伸ばす。

「ほお、ヨウちゃんに、……コウちゃん」

向かいのソファに坐った男は黄色い歯を覗かせて私たちを凝視した。おじさんとお兄さんの間くらいの歳の、不思議な男の人だった。

「そっくりのお顔ですね。将来は美人に育ちましょうな。引く手数多でしょう」

「よしてくれよ木村《きむら》さん。まだ四歳だよ?」

私はフォークで掬った愛じいのショートケーキのクリームをコウの口元へ持っていった。べろり、とコウはそれを舐める。木村と呼ばれた男は感心したように背中を丸めてコウの食べるところを見つめていた。私は乗っかっていた苺をひょいと食べ、コウが黒目でそれを追う。木村が「私のもあげよう」と自分の苺を摘んで差し出してくれたので、受け取って口に放り込んだら、彼は「あ」と呟いた。私はやっと彼の意図に気付いて、歯ぎしりするコウを見下ろした。

(ずるい。いやしんぼ。お前ばっかり)

木村はコウの言葉を解しない。愛じいに向き直る。

「まだ子どもだからと思うのは最もです。ですが将来この子がお嫁へ行くとき、憑きもの筋だと知れてご破算になるのは可哀想だと思いませんかね? 霊は女についていってしまうもの……憑きもの筋同士で縁を結ぶのが一番なんですよ」

「今の時代、そんなことを気にする人がいるかなぁ」

愛じいはナプキンでコウの口元を拭いてあげた。

「……木村さんは戦争の前からずっと変わらないそうだね。僕と初めて会ったときから、ちっとも老けやしないで、これ以上進化しようのない科学の時代に、日本中で、僕たちのような家を繋いでいる」

「それが木村家ですから」

「でもほら、見てご覧よ。もう昭和六十二年だよ」

愛じいは壁にかかったカレンダーを指差した。

「君や僕が畏れて来たものは、どんどん影を薄くしている。不思議なものも、妖しいものも、世の中の誰ももう信じていない。霊の力の源は、人々の信心だというじゃないか。それがなくなれば、影響も薄くなるものだろう?」

「それでも、なくなりはしませんよ」

私は腹ばいになって、愛じいの膝の上にいるコウに両腕を回しながら、男たちを見上げていた。


木村が帰ったあと、愛じいは庭で私たちと遊んでくれた。

義足から鳴る金具と樹脂の擦れる悲鳴も、子どもの私は何一つ不自然だとは思わなかった。

大人の世界をとっくに理解していたコウには違って見えたのだろうか。

私のお気に入りは、石橋を越えた先にある木漏れ日の下の石碑だった。白木蓮の花の季節には、たくさんの白鳩が枝に止まったかのようになる。おままごとでは、毎回そこが私とコウの家になった。石碑の足元の四角い台座をまな板に、お庭にこんもりと実ったさんざしの実を石で磨り潰すのだ。

愛じいは側の切り株に腰かけて見守っていた。彼はいつもの言葉を言う。

「遊ぶ前に必ず手を合わせるんだよ。文字が彫ってある碑《いしぶみ》は汚しちゃいけないよ。物を投げたり、悪口を言ったりしてもいけないよ」

生来わがままな私にも、これだけは本当に守らなければならない言いつけだと解っていた。

この庭は手入れの難しい樹をいくつか伐《き》っただけで、植わっているものは昔から変わっていないのだという。昔は蔵と、奉公人たちの宿舎があったそうだけど、もう残っていない。池は水を抜いて窪地になっていた。振り返れば二階建ての大きな洋風家屋が建っている。昔あった平屋の跡地にそのまま建てた家だった。

二階の露台には折りたたみ式のサンシェードと、その下に丸テーブルと椅子。詠子の希望で設えたもので、彼女と愛じいはよくそこでお茶を飲みながら読書をする。

和風の庭とは相反する家屋だった。バブル期の当時としても、ここが地価の安い東北の奥地だということを差し引いても、豪華な住まいだったように思う。

（木村、私の相手も見つけてくれるかしら？　私、幸せになりたい）

この程度の距離ならば、私はたやすく片割れの唇を読むことができた。

愛じいは、腕の中にいたコウに視線を落として固まった。私はサンダルの笛をぴうぴうと鳴らして駆け寄った。

「愛じい、泣いてるの？　よしよし……」

愛じいは二重顎を震わせて微笑み返す。

「ねぇ、またコウだけだめなの？　さっきの人の、話」

どれほど幼くても片割れに不可能なことが山ほどあるのは理解していた。どうして？　という気持ちは今よりも強かった。

「愛じい、ヨウのおてて、片っぽうコウにあげよ？」

「何？」

コウはあんぐりと口を開ける。口の中が熱く光るのが見えた。

「できるのよ。お医者さんがね、しゅじつで、くっつけるんだよ」

「あぁ、テレビで覚えたのか。そういえば、詠子が外科医のドラマを見ていたね」

愛じいは独り言のように呟いて空を見上げたので、私は頰を膨らませた。

（……ヨウ）

見下ろしたコウの顔は、どんなふうだったか、覚えていない。

（……ヨウ、さんく・ゆー）

意味の解らない外国語は、耳に優しく響いた。

片割れは一転して饒舌になる。

（いつかあいつをまた連れといで。直々に話してやるから）

コウは己の中身には、このころから絶対の自信があったようだった。

（私、誰でも「説得」してやれるんだぜ。その気になりさえすればね）

＊＊＊

今でもコウは生きている。

大きさはあのころからあまり変わらない。

瞬きと口の動きだけでなされる意思疎通のためか、表情は驚くほど豊かで魅力的に育ち、眠っているときも彫刻作品のように見る者を惹きつけた。家族と、梶神産科の医師が年に一度の定期健診をする以外、その姿を見る者が他にいなかったのが悔やまれるほどに。

コウが何か語れば私たちは聞き入ってしまう。諭されてしまう。

コウの成長とともに首なしのあの子、「あわこさま」も大きくなっていった。私の躰つきによく似たあれは、本来コウが持つべきだった躰なのだという気がしていた。男女の別がわかるところだけはピントがズレたみたいにぼやけて見える。

あわこさまとは、この家に憑いている水の神さまなのだという。

「僕も小さいころははっきり視えたよ」

「大人より子どもに、視えやすいの？」

「あわこさまは幼いからね。不村家以外の人間には、一概に若いから視えるというわけではないけれど……、なんて、ヨウは気にしなくていいことだよ」

透き通った躰のあわこさまは家の中を闊歩する。うちを訪ねてくる人間はほとんどいなかったが、訪問販売や宅配便を出迎えたとき、玄関までやって来て私の後ろから来訪者へ怒りの気配を放っている。

愛じいはあわこさまについてよく尋ねて来た。どんなふうに見えるのか、いつも何をしているのか、何かいつもと変わったところはあるか。

コウと愛じいは二人で研究しているみたいに、様々な出来事をまとめていた。二人だけはきちんと正体を知っているようだったのだが、私に教えてくれることはなかった。

「……ヨウちゃん、起きて。ヨウちゃんってば」

少女のような声で目を覚ました。詠子がベッドの天蓋を掻き分けて私の肩を揺すっている。コウはもう起きていて、枕元で顎をついと動かした。今朝も無事でいてくれた。片割れは私の寝相で窒息死しかけたことや、ベッドから落ちて青アザを作ったまま一晩中冷たい床で過ごしたことが何度もあった。

（ママ、鼻水）

詠子は我が子の鼻へ、折りたたんだティッシュペーパーを当てた。コウがずうと音を立てる間、彼女は絶妙な力で押し当て続け、最後に丁寧に拭う。

詠子は昔から化粧っ気がないせいか肌は若者のようにつるんとしている。三十半ばとは思えないほど可愛らしいので、本人のいないところでは呼び捨てにしたくなってしまう。

片割れが言うには、彼女が子どもにかいがいしいのは「反動」なのだという。本当は自分がして欲しかったことをしているのだと、知ったような口を利く。

制服に着替えて階下へ降りると、洗顔と歯磨きをして貰ったコウはすでにテーブルの上の専用座布団の上にいた。詠子はスプーンでオムレツをコウの口へ運ぶ。コウは食欲旺盛で、二人前くらいの量をぺろりと平らげた。

コウは詠子について（自分のウエスト細かったから、私がこうなったと、昔、思いつめてたそうな）と言っていた。

「誰に聞いたの？」（詠子）「そんなこと、あんたに話してくれたの？」（誘導）「はぁ？」（上手く訊き出した。詠子、「しまった」という、顔してたけど）

ばつが悪そうな顔をしていた。

（秘密だぜ）

コウは生まれた直後から愛じいと対等に会話し、百を超える外国語をカセットテープだけでマスターしたという。絶対記憶力というものを持っているらしく、本なんか目の前でパラパラ漫画みたいなスピードで捲ってやるだけで読めてしまう。家族は毎日、数冊読ませてやるのが日課だった。

遅刻ぎりぎりの時間に、コウを合皮のスクールバッグに入れた。

「コウちゃん、人に見られたらマネキンの首のふりをするんだよ。いい？　いいね？」

小学生のころ、ランドセルに入れようとしたら止められたが、今では詠子ももう諦めている。可愛い我が子に（出かけたいのよ。ママン）と甘えられたらだめだとは言えなかったようだ。

「お母さん神経質すぎるよ。こんなの見つかっても誰も生きてるなんて信じないでしょ。今まで動いてるところを見ちゃった人は、叫んで逃げるか、よくできてるなぁって笑うかのどっちかだったんだから」

コウが（そうそう）と、私の肩を持つ。

片割れには戸籍がない。愛じいはずっと私たちに、コウが見つかったらアメリカの研究所に連れて行かれて実験動物にされてしまうよ、と言い聞かせていたし、詠子は本気で恐れていた。けれど今日び、そんな非人道的なことが許されるはずがない。見つかって騒ぎになったらなったで、それもいい。どうせ二年後にはノストラダムスの恐怖の大王が来て、世界は滅んでいるのだ。

いつからか、見知らぬ何かに殺されるくらいならば、自分の死期は自分で決めようかしらという想いが、胸に細い根を張るようになっていた。人生は長ければいいわけじゃない。

何不自由ない私でさえそんな考えが浮かぶのだ。じゃあコウは？　今の生活で本当に満足なのだろうか。私は学校へ行き、たくさんの人と触れ合って、大人になっていくのだろう。そのときもコウは、変わらず家の中でまばたきしているしかないのだ。

愛じいと詠子がいなくなったら、私一人でコウを守れるのか。

どのみちコウは長くは生きられないのだ。

それなら一番幸せなときを最期に……。五歩先も霞むような吹雪の日がいい。日記も写真も燃やして、一番気に入っているコートとブーツで家を出て、雪深いところへ。書斎からくすねてきたウィスキーを煽り、降り積もったばかりの、まだ柔らかい雪の上へ横たわる……。

コートの裡に収めたコウにも飲ませよう。

小さな片割れは、酔いの回るのも早いだろう。
（ヨウ）
そうして頬を寄せ合って眠り、私たちは二度と目を覚まさない。

（何を考えている？）

バッグの中からコウが見上げてきた。「別に」と私は家を出た。

＊＊＊

以前から連絡があったらしいけれど、その日の体育の授業は理科の合同特別授業に変わった。

体育館に集められた二年の生徒たちはみな退屈そうにしていて、私も仲のいい女子生徒たちと喋りながらだらだらと並んだ。

同じ県内の大学から学生が数名来て、海や川の汚染について講義をしてくれるのだという。壇上に張られた模造紙の文字は遠くて見えない。私は手の中に隠せる小さな携帯ゲーム機を消音にして弄《いじ》っていた。

「みなさんは、奇形の動物を見たことがありますか――?」

天井に響く声に、ボタンにかけた指先が止まる。

「水に溶けたこれらの汚染物質はどこへ行くのでしょう? 川へ流れ、海へ流れ、やがて雲になり雨になり……」

マイクを手に話しているのは、背の高い女だった。長い腕を模造紙へ伸ばし、指示棒で指している。

「みなさんにはショッキングかもしれませんが……苦手な人は目を閉じて構いません……、この蛙は一九七＊年、T県のメッキ工場近くの田んぼで採取されました」

女子たちは嫌悪にさざめき、男子は強がる者や、げえと吐く真似をして笑いをとる者が目立った。

引き伸ばされた写真は、多肢のグロテスクさを伝えるのには充分だった。ぬらぬらと膨らんだ付け根が骨の歪《いびつ》さまで想像させてくる。

美しい女は子どもたちの興奮が収まるまで真面目な顔で待った。それから熱を込めて訴え始めた。腰まである長い直毛が、ストリングカーテンのように規律を持った動きで彼女について来た。

「これは他人事ではないのです。この田んぼで取れたお米は、実際に出荷されて大勢の人の口に入っていることが確認されています。影響は直ちに現れなくても、生物の体には少しずつ、少しずつ化学物質が蓄積されて……」

私はいつの間にか聞き入っていた。

不村家では異形とされる人たちを珍重して蒐めていたという。いくら現代とは感覚が違うといえ、自分の先祖がそんな不謹慎なことをしていたなんて。

講義の終わりに、学生たちのところへ行ってみた。向かう最中から、彼女は私の姿を捉えて強そうに微笑んだ。女子学生なのに媚びた柔らかさを見せないところが早速気に入った。

「こんにちは」一言発すると、茶髪の男子学生が近寄ってきたが、彼女はその間に割って入り「君は片付け！」と模造紙を折りたたむ学生たちを指差した。一同から笑いが湧いて、男子学生はみんなに小突かれる。五人だけのグループに彼女は紅一点だった。

「講義、どうだった？」

背の高い彼女は少し屈んで、顔の横を流れる真っ直ぐな髪を掻き上げた。

「面白かった」

「そう、それはよかった」

「色々と考えさせられた」

「ほっとしたわ」彼女は相好を崩す。「面白おかしいって意味だったらどうしようかと思った」

彼女はそれから、自分で印刷したらしい名刺を手渡してくれた。大学と研究室の名前、電話番号とパソコンのメールアドレス。修士課程の二年らしい。名前は圷砂百合。「あくつ・さゆり」と仮名が振ってあった。

二重の深い大きな瞳に高い鼻。リップの色ではない元々鮮《あざ》らかな赤色の唇。やや下膨れの、血色のよい頬が女性らしく、艶やかなロングヘアの前髪は目の上で切り揃えられている。首から上は日本古来の幽霊のようだったけれど、タンクトップのサマーニットはよく似合っていて、長い腕の先には華奢なアクセサリーウォッチが輝いている。

私はきっと砂百合にメールすることを約束して体育館をあとにした。

＊＊＊

一番最初に砂百合が薦めてくれたのは「沈黙の春」という本だった。

（ヨウも読書に目覚めたかい）

バスに揺られながら読み返していると、バスケットの中に仕舞われたコウが言った。

メールや電話を交わすうち、砂百合には「生まれつき身体に欠損のあるきょうだい――性別がわからないので平仮名で打った――がいる」ということを打ち明けていた。「それで……」と彼女は受話器越しに息を飲み、やっと私のような少女が環境汚染に興味を持ったことに納得したようだった。

今日は、県境の辺りにある川でこの間のメンバーと一緒にフィールドワークをするというので見学に誘われていた。窓外にどんどん緑が増えていく。

「もう次で降りるよ。お水、飲む？　お手洗いは大丈夫？」

バス停は無人駅の前にあった。駅舎のお手洗いへ寄る。

個室に入り、コウの頭を膝に乗せた私は臀部に似た溝を指で押し開いて、ベビーオイルを含ませた綿棒で肛門を突いて促した。水分の多いゲル状の物が出てくることが多いのだが、今回は出発前に家でもやってきたからあまり出なかった。

最中、コウはいつもじっと目を瞑っている。

こういう世話をするたび考える。心停止は死なのか、回復しない植物人間を生かすことに救いはあるのか。それらは自然の摂理に悖《もと》るのじゃないか……。

私は厭な考えを無理やり頭から追いやり、外へ出た。地図はコウの頭の中に入っている。蟬の声を浴びながらぶらぶらと歩いていくと、労せず待ち合わせの場所に辿り着けた。錆びたフェンスの向こうに大きな廃工場が建っている。

木陰で、女が幹から背を離した。

「迷わずに来られたのね」

「おかげさまで。ねぇ、私、本当に邪魔じゃない？」

「もちろんよ。さぁ、行きましょう」

五分ほど歩いて川へ降りると、ハーフパンツ姿の男子学生たちが、水に脚を浸け、針金でできた籠を引き上げていた。仕掛けていた捕獲器を回収しているのだ。砂百合に倣って彼らに手を振ると、陽気な声が返ってくる。

「日陰に坐って待ちましょう。本当、暑くって厭になるわね」

「砂百合は川に入らないの？」

「まさか」と彼女はわざとらしく肩をすくめて見せる。

「ああいうのは男子の仕事。ヨウちゃん、入りたいんならお入んなさい」

「やだ」

あはは、と彼女は屈託なく笑う。

ここの下流で生殖器が奇形化した淡水貝が多数、見つかっているという。

「この川沿いには十年ほど前からいくつか洗剤の工場ができているの。私たちは少しずつ上流へ移動しながら同じ貝を集めているのよ」

砂百合はプラスチックの蓋がついた、円筒形の小さな容器を取り出した。中には、うねった茶色い塊が入っている。採取した淡水貝の剝き身だ。何かの器官のあるところだけ、内側に黒い粒が透けて見える。

激しい既視感があった。

私は小さく呻いて、後ろへ手をついた。

「ヨウちゃん?」砂百合が私を気遣う。

「無理して見なくっても、いいのよ?」

違う。貝なんて、奇形も健康体も区別なんかつかない。しかし、そうじゃないの、という声は搔き消える。

そばに置いておいたバスケットが動いた。

「なに?」

「……実は、この前言っていたきょうだい、連れてきたんだけど……」

「えっ?」

バスケットを膝に乗せる。砂百合は驚いた顔で視線を落とした。

「砂百合にだけ見せるから、驚かないでね」

彼女は言葉を失っていた。コウが笑ってみせると、指先で恐る恐るその頰に触れた。

私たちは男子学生に背を向けて、自分たちの躰で隠しながら、コウをバスケットから取り出した。

「うん」

「生きて、いるの？」

(初めまして)

瞬きと口の動きを通訳した。口話で意思疎通できるのは家族だけだったが、コウは口にペンをくわえさせれば筆談もできる。

「……あぁ温かい、作り物じゃないのね。信じられないわ。なんてこと……！」

彼女は声を詰まらせながら言った。

「ごめんなさい……。失礼よね。だって今までに見たどんな人よりも……」

彼女は気を取り直したように強く、真っ直ぐな瞳で言った。

「あなたの生きてきた道は、私には想像もつかないような茨の道だったでしょう……」

(別に)と、コウが口を挟んだが通訳する間はなかった。

「だからこそ、あなたのその姿すべて、心の底から美しいと思うわ」

コウは彼女の膝の上で、くすっと笑った。

(美しいだって？)

「もちろんよ。どんな命だって美しいの……、それにあなた」と、華やかな笑みを浮かべる。

「ヨウちゃんによく似て、美人だわ」

(お前もとっても綺麗だよ。ヨウと仲良くしてやって)

「ええ、もし私にできることがあったら、何でも言ってちょうだいね」

（何もない）

コウは言う。

（そっとしといておくれ。欲しいものはない）

片割れがバスケットに仕舞われてからも、砂百合は心ここにあらずで、遠くを見るような目をしていた。

採集が終わったあとには、誰かが持って来ていたコンロを河川敷に運び、こっちが本懐と言わんばかりに肉や野菜を焼き始めた。砂百合が作ってきていた塩おむすびを齧る。砂百合も周りの陽気さに応えるが、箸は進んでいなかった。

「お肉、足りてる？」

川へ降りる階段に腰かけていたら、学校での講演のとき話しかけようとしてきた茶髪の男子学生が斜め後ろに座った。

「ヨウちゃん、偉いな。坏さんの薦めた本もちゃんと読んだんだって？　環境とか自然破壊に本当に関心があるんだな」

「そんなこと……、興味を持った程度だし……」

「立派だよ。大半の中学生はもっとチャラついたことを考えて、自分のためにだけ生きてるもんだ」

焼きたての肉をたくさん盛った紙皿をくれた彼は、香住《かすみ》と名乗った。偶蹄目《ぐうていもく》を連想させる穏やかな顔立ちをしていた。

「香住は、どうして環境学科に？」

「うーん、何となく。経済とか工学系は厭だったし、入試の配点とかも考えてさ」

「もしかして砂百合みたいな人って珍しいの？」

「だね。圷さんはすごい人だよ。レポートも毎回高評価だし、教授にも気に入られてて、ずっと大学に残るんじゃないかな。きっと本気で自然破壊とかに憤ってるのさ。ていうか動物好きなんだよな。去年も保護猫の譲渡会のボランティアに行って、引き取り手が見つからなかった一番ブサイクな仔猫を自分で引き取ったらしいし、高校生のころは獣医の大学に行くか迷ってたんだって」

「頭いいうえに、優しいんだ」

砂百合を振り返ると、ビールを片手に飾らない笑い声を上げていた。

「しかも美人」香住は咀嚼しながら箸先を振る。

「彼氏も作らないで、研究一筋って感じ。夏休みは一人で外国へぽーんと飛んでいって、公害のあった土地で奇形化した動植物の写真をたくさん撮ってきたりしてさ。家も専門書だらけなんだって」

サンダルの足音が頭上で止まる。砂百合が腰に手を当てて立っていた。

「ちょっと、香住くん。中学生をナンパなんてよしてくれる？」

「ナンパじゃないですって。酷いな」

ほろ酔いの砂百合は香住を追っ払うようなジェスチャーをして退かせ、私の隣へ腰かけた。

「ねぇヨウちゃん、コウちゃんって食事はどうしているの？　長い間外にいて平気？」

気にかけてくれるのが嬉しかった。私は小さく首を振る。

「うん平気だよ。病院になんか定期健診以外かかったことない」

「まさか、そんなわけないでしょう」

「コウは特別なの。ご飯も普通に食べられるんだから。さっきもお肉こっそりあげてきた」

「まぁ驚いた。ところでコウちゃんは、男の子なの？　それとも女の子？」

「わかんない」

「顔を見る限りよく似ているけれど……。二卵性の可能性もなくはないし……、でも私は十中八九女の子だと思うのよね」

彼女は考え込むような顔で、川面を睨んだ。

「……生命って、本当に不思議よね。あんな状態なのに知能も精神も正常で生きていられる個体があるなんて未だに信じられない。……奇跡としか言いようがないわ」

正常どころか天才だけれど、少し話をした程度なのでまだ砂百合のあずかり知らぬところだ。

奇跡だわ、と彼女は繰り返した。

お開きになったあと、砂百合は夜道を家まで送ってくれた。遅くなってしまったから、お家の人にご挨拶しないと、と砂百合が言ったので冷や汗を掻きながら止めた。

コウのことを誰かに話したことが、詠子たちに知れてはまずい。

「ご挨拶するだけよ。上がっていったりしないわ」

「それでもだめ」

「ちょっとだけよ。私そんなに厚かましそうに見えるの？」

「家の人が、『一族以外の人は家に上げては駄目』って言うから……」

砂百合は大きな目をきょとんと開いた。

「しきたりなの。お客さま自体、歓迎されないの。ずっと昔からそうで、理由はわからないけど、

『どうしてもお招きするときは絶対にお客さまを一人にさせては駄目』とも言われていて」

昔、木村という人が訪ねてきたときも愛じいが常に側にいた。「あわこさま」が原因なのだろう。コウも言っていた。怒らせてしまうからだ。

砂百合は腕を組み、静かに頷いた。

「……わかったわ。今日はこのまま帰ることにする。旧家って、やっぱり不思議な決まりがあるものなのね」

彼女は一度背を向けたが、振り返り、バスケットの蓋を開いた。

「コウちゃんもまたね。あなたって、とても可愛い子だわ」

砂百合は手を振りながら歩き去って行った。

誰にも話せなかったことを話せる相手ができたことに少し興奮していた。

今までずっと、コウはこの世界に存在していないかのようだった。だけどコウの存在は、本当に隠していなきゃいけないことなんだろうか……？

呪い。神さまの呪いのおかげで不自然なまま生きている。けれど。

砂百合は解ってくれた。きっと他にも味方になってくれる人はいるはずだ。

未来があるなら二人で生きる道だって……。

バスケットが激しく動いた。

蓋を開ける。片割れは目を三角にしていた。

（喋りすぎ！）

「なんでそんなに怒るの？　ケチ」

（家族以外を信用しすぎないほうがいい。忘れるな。不村は水憑きの家。呪いの血族。私は憑き

神のおかげで生かされている）
片割れは伏し目がちに、言った。
（傷つくのはお前だからね）

＊＊＊

熱帯夜に降り続いた雨は朝には止んだ。太陽がそれを乾かすまでの午前中いっぱい、湿った空気が体感温度を上げていった。

網戸を開けて竹のござを敷いた上で、大の字でまどろんでいた。

「コウって女の子なの？」

（どっちでもないよ）

「でも砂百合が言ってたよ」

（どっちかじゃなきゃいけないの？　そんなことで、私を測れると思うか？）

愛じいと詠子は映画を見に出かけている。私は仰向けのコウの頰に口づけた。

（寝返りを）と言われて、コウを横向きにする。いつも平然として見えるけれど、どうして惨めな気持ちにならずにいられるだろう。

なぜコウだけ、ここまで残酷な人生を歩まなければならない？

「いっそ、知能がなければよかったのに」

（……）

「そうしたら、何も悩まずに、植物みたいに安らかでいられたでしょう？」

（安らかなもんか。奴ら生命力の塊だ。人間がいなきゃ、あっという間に地球を蔽《おお》い尽くす）

「いいな、生きるだけでいいって。感情がなければ苦しまなくて済む」

雪原の妄想が蘇る。

「ねぇ」

まるで男の子に告白するときのように、心臓が痛んだ。

「死にたくなったら、私はいつでもついていくからね」

（…………）

ドアのチャイムが鳴る。私は急いで立ち上がる。

言わなければよかった。だって、コウのあの顔……。

――なんでそんなこと言うの？

そんな言葉が聞こえてきそうで。

私には何もできない。あなたといるのが、日ごと月ごと辛くなる。

訪ねてきた砂百合は、玄関で臓腑の隙間を換気するみたいに深い呼吸を繰り返しながら立っていた。

「いらっしゃい」

ぼおっと、廊下の奥に黒い靄が湧き立った。

「え？」砂百合はふいに辺りを見回す。「今誰か、私を呼んだ？」

靄は途端に肌色の人型に変わる。

「気のせいだと思うよ」

少しなら大丈夫……。大丈夫だろう。

ぴったりと砂百合にくっついて歩く。あわこさまは、ひたひたとあとをついてくる。居間へ戻ると、コウは驚いた顔をした。

片割れは砂百合には解らない口話で尋ねてきた。

（ヨウが呼んだの？）

「だって、言ったら止められそうだったから」

（当たり前だ！）

コウは激しく憤っていた。

砂百合はこれまでいろんな話を聞いてくれた。コウに戸籍がないことや、家族の他に誰とも接していないこと。存在を公にすべきか否かということ。

そして、コウが世界になんの爪痕も残さず死んでいくことについて。

「コウちゃん、何か気に障ったかしら？　私がどうしてもって無理を承知でお願いしたのよ」

砂百合はコウを両手で持ち上げ、親しみの籠った微笑で見つめた。

「私、飲み物持って来るから、寛いでいて」

「ありがとう」

（おい……）

コウの訴えを、私はまたも黙殺した。

（行くな……）

それがいけなかった。

＊＊＊

台所から居間へ戻ると、あわこさまが廊下から部屋の中を見ていた。

居間には誰もいなかった。他の部屋にも、どこにもいない。玄関へ行くと砂百合の靴がなかった。そういえば部屋には鞄も見当たらなかったじゃないか。

外へ飛びだし、歩道へ視線を往復させた。

「………コウ？」

砂百合の携帯電話には何度かけても繋がらなかった。

呪い？　いや、消えるわけがない。コウは一人ではどこへも行かれない。

砂百合が持っていったとしか考えられなかった。

いても立ってもいられず、大きな道に出てタクシーに飛び乗った。砂百合の大学名を告げて、愛じいに貰ったカードで支払い、夕闇の構内をひた走る。

汗みずくで環境学研究室にたどり着いた私を迎えたのは、香住だった。

彼と学生たちに砂百合の行きそうなところを尋ねると、彼女は人気者らしく、みんなが心配そうな顔になったが、誰の電話も彼女には繋がらないようだった。そして今日私の家へ行くことを、彼女は誰にも話していないのだとわかった。

「ヨウちゃん、ちょっと外出よう」

香住が私を連れ出した。熱気の籠った階段下で、彼は廊下に人がいないことを確認する。

「何？」

「何かあったのは、そっちだろ？　俺知ってんだ。坏さん、あるときからヨウちゃんを妙に気に入って、日中何度もメールセンターに問い合わせとかしてたんだよ。それでフィールドワークにまで誘ったりしてさ」

彼は何か想うところがあったのかもしれない。私は「砂百合が私の大事なものを盗っていったかもしれない」とだけ教えた。

「坏さん家、行ってみよう。あの人、昔家の鍵なくして困って以来、スペアキーを郵便受けに入れといてるって、酔っ払ったときに言ってたんだ。部屋番号は、確か……」

砂百合は大学から徒歩五分のマンションに住んでいた。

比較的新しい建物だ。最上階の五階の角部屋が彼女の家だった。香住は駐輪場に打ち捨てられた自転車からスポークを一本折ってきて、郵便受けの中を掻き出した。話通りスペアキーが釣れた。

香住がドアを開けるのに続いて部屋へ侵入した。間取りは１ＬＤＫ。閉められた遮光カーテンの隙間から細い陽光が一筋、床に落ちている。

照明をつけた瞬間、私たちは低く呻いた。

真っ先に目に飛び込んできたのは、本棚の最上段に並べられた大小いくつもの硝子瓶。液体で満ちた円筒形の中には、様々な生き物が浸けられているようだった。

壁は写真で埋められている。双頭の山羊、一つ目の猿、頭が結合し、寄りかかりあうように立つ人間の子ども。脳天が平らに潰れ、目蓋の膨らんだ赤ん坊……。画素の粗いセピア色の写真もあった。壺のように膨らんだ胴体から細長い手足と美しい顔を生やした少年だった。全裸で大の字に転がり、撮られることを悦ぶように微笑んでいる。

明らかに鑑賞目的だった。

香住があとずさり、足元に積まれた本や図鑑が崩れ落ちる。私は棚の標本を見上げた。鼠、兎、魚、犬、もはや何の動物かわからないもの。すべて先天的な奇形の動物らしかった。

カーテンの裾がはためき、にゃあ、とべたついた声がした。歩いて来た猫は眉間に皺をよせ、押しつぶされた鼻の下に歯茎を露出させていた。

「はは……。これが例の売れ残りちゃんか……」

香住はおっかなびっくり猫の顎の下を撫でた。無邪気にごろごろと喉を鳴らす。崩れた本のページを、彼は捲った。瘤や腫瘍の病人を撮った白黒の写真集だった。

弾かれたように、私は部屋の中をひっくり返し始めた。戸棚、抽斗、クローゼット、怒りに任せて床に投げていく。

「ヨウちゃん」

「香住も探してよ！　何か手がかりになるもの……」

そして本棚の一角に題名のない布張りの本を三冊、見つけた。微かなインクの匂い。開くなり、香住に中を見せる。

「坏さんの字だ」

砂百合は小学一年生のころから日記をつけ始めたらしかった。たどたどしい平仮名で数か月に一度思い出したようにごく平凡な日常が綴られていた。

香住は新しいものから、私は古いものから手に取った。読み続けていると、突然、びっしりと埋められたページが現れた。筆圧から興奮が伝わってくる。

昭和五十七年　十二月二十五日

今日はわたしにとって、忘れられない一日になった。運命の、出会い。

クリスマスなので、家族三人で、サーカスにいった。

ピエロのくちびるが、ほほえむような「3」の形になっていた！　彼は人差し指で自分のくちびるをぷにっとめくって顔をよせてきたの。そのしぐさ、なんだか色っぽくて、わたし子どもだけど、すごくどきどきした。かわいいのに、あやしくて。

その人は、バラの花を一りん出して、わたしにくれた。お客さんみんな拍手して、わたしと彼にスポットライトが当てられて、世界の裏がわに迷いこんだ気持ち。

ケンタウロスみたいに、神さまの世界にいる存在。なみだが出そうになっちゃった。この人に会うために、わたしは生まれてきたんだって。

サーカスが終わったあと、キャンピングカーによりかかってる彼を見つけた。彼はふきげんそうにたばこをすってた。

「お兄さん、お名前は?」なにをきいても、外国人みたいに「あーはん」て。明るいところで見たらお父さんよりずっとおじさんだった。

「もう、会えないの?」って聞いてみたら、彼はわたしの頭に手を乗せてきた。うでの内がわに引きつれた、やけどのあとみたいなものがあった。人のきずって、どうしてか目が吸いよせられちゃう。

彼はピエロの笑顔にもどって、「メリークリスマス」って言って、それから耳元で言ったの。

「ショーは終わりだよ。さっさと帰れガキ」

今夜サンタさんに、あの人にもう一度会いたいって、お願いするわ。

クラスの男子にもテレビタレントにも、ちっともきょうみがない。彼みたいなのが、本当にすてきだと思う。

とくべつにえらばれた人。

わたしのあこがれ、わたしの神さま。


私は日記を香住に押し付けた。

「あの人、どうかしてる」

香住は静かに頷いた。彼はソファに座り、最新の日記を開いた。

「こっちには最近のことが書いてあった。事情はおおよそ解ったよ。大事なものって、君の双子のきょうだいのことだったんだね」

「コウのこと、何て書いてある?」

「ひとまずは安心していい。丁重に扱われてると思う。コウちゃんのこと『可愛くてたまらない』『一緒に暮らしたい』って書いてあるから」

ほっと胸を撫で下ろすが、ホルマリンの瓶を見るに、ひょんな気まぐれを起さないとも限らないだろう。

「『奇跡の生体』『手に入るなら、何もいらない』とか……、それから、手に入れるまでの具体的な算段が、いくつものパターン書いてある」

「それで、ついに決行して行方を晦《くら》ましたってわけね」

「コウちゃんには戸籍がないって書いてあるけど、本当？」

頷いた私に、彼は苦い顔をする。

「それが圷さんをあと押ししたみたいだよ。いなくなっても事件にならないだろうって。君の親は、その子に障碍があったからってそんな酷いことをしてるのか？　十四年も家の中に隠して？」

「香住は、何も知らないから言えるんだよ……！」

「……ごめん、ヨウちゃんに言うことじゃなかったよな」

廊下の固定電話が鳴り出した。顔を見合わせたが、四コール目で「切れてしまうほうが恐い」と思い直した私は受話器をとった。

「もしもし」

「……あら、ヨウちゃん？」

砂百合……！　電話台の縁を強く摑む。

「そろそろ誰か家に入って来ているかしらって、思っていたの。やっぱり、警察の手は借りていないみたいね」

待ち合わせの時間を確かめるかのように、平然と彼女は言った。

「今どこにいるの？　コウをどこへやったの？」

「さあ？　……でもよかった、大学の人じゃなくって。見られたら困る物がたくさんだし」

「香住もいるよ」

「そう……。別にいいわ。ところで、コウちゃんって何食べるの？」

興奮を抑えきれないようすで話題を変える。

「この前食べていた、肉類の他は？　肝臓がないからアルコールはよくないわよね。便通が悪くなる食べ物も、きっとよくないと思うのだけど……。私が用意した食事、食べてくれないのよ。もう贅沢で困っちゃう。それからね、ペンを欲しがっているみたいだったから、口に咥えさせてあげたら字を書き出したのよ！」

　自分が生唾を飲み込む音が、大きく響く。

「コウを、返して」

「いやよ」と、含み笑い。「一目惚れしちゃったの。私に返す理由、ある？」

「コウに代わって！」

「この子、電話できないでしょう。……え、なあに？　ええヨウちゃんよ……」

　長い雑音のあと、彼女は拗ねたような声を出した。

「伝言よ。『心配しないで』って」

　コウのわがままは聞いてくれるらしい。

「『一週間で戻る』だって。ふふ、それは無理よ……。でも大丈夫、私がいるもの。お家のことなんてすぐに忘れられるわ。ずっとずっと大事にお世話するからね」

　通話が切れた。取り落とした受話器のコードが膝の横で伸び縮みする。ヨウちゃん、と香住が私の肩に手をかけた。

「どこに行ったんだよぉ……」

　怒りに震え、頭を抱えてしゃがみ込む。握りこぶしで床を叩くと、香住が止めた。私はそれを振り払い、玄関へ走る。

「ヨウちゃん！」

コウは、どこに行った?

＊＊＊

砂百合はどこから電話していたのだろう。わかるはずもない。けれど焦燥感に追い立てられて、動かずにいられない。

「ヨウちゃん、止まれ!」暗くなった住宅街を香住が追いかけてくる。しかし、公園に差しかかり細い遊歩道を曲がったところで、人にぶつかってしまった。

「あれ、ヨウちゃん……?」

見上げた相手は梶神産科の医師だった。梶神産科は砂百合の大学からそう遠くないと気付く。足元でリードをつけられた犬が小さく吠えた。ペットショップで高値を付けて売られていそうな、純血のダルメシアンだ。

追いついた香住が私の両肩を摑み、梶神に謝った。だがすぐに私たちが知り合いらしいと気付いて三人で顔を見合わせる。梶神は私が悪い男に絡まれているのだと思ったのか、言葉を探していた。

私は先んじて梶神に言った。

「……先生、大変なんです。コウが攫われました」

「何だって?」

梶神は閉院後の医院に私たちを招いてくれた。休憩室で香住が経緯を話し、横から補足をする間にいくらか落ち着いた私は、一度洗面所で顔を洗って戻って来た。

梶神は難しい顔で顎に手を添えていた。

「少しでも、相談できる人がいてよかったな」

「先生に話したところで、コウの居場所はわからないけどね」

香住は怒った顔でテーブルに肘をついた。

「やみくもに走ったってそれは一緒だろう。気持ちは解るけどいきなり飛び出してどうするっていうんだ。そんなことよりあの部屋をもう一度調べるほうがいい」

何も言い返せなかった。私がもっと利口だったら今こんなことにはなっていない。「ごめんなさい」と呟くと、香住はヤギみたいな優しい顔に戻ってくれた。

梶神も、警察に届けるわけにはいかないという意見だった。当然だ。自分の医院の行っていることが露見してしまうのだから。肩を落とす私に、梶神は眼鏡の奥の瞳を下へ向け、言った。

「ただね……、あの子がそんなに簡単にやられるとは思えないんだ……」

「どうして?」と香住が尋ねる。梶神は「特別な子だからだよ」とだけ答えた。彼は私に向き直る。

「ただ、あの子は昔から精神的なことが原因で躰の不調が出ることが多かった。口八丁で身の安全を確保できたとしても、緊張状態は続くし、誘拐されたことで受けるストレスは計り知れない」

私は幼いころに盗み聞きした愛じいと木村の言葉を思い出した。コウは生きていること自体が異常で、家に憑く何かの力で生きながらえているだけに過ぎないと。家から長い間離れてしまったら、どうなるのかは誰にもわからない。

香住はなおも怪訝な顔をする。仕方なく、私は自分の家が憑きもの筋なことや、水憑きの霊が引き起こす様々なことを話した。

彼はいつまでもピンとこないようすのままだった。

「コウちゃんが生きていられること自体、科学では説明がつけられないんだ」

「……そう、ですか。それより、そのコウちゃんを探すためにもっと情報が欲しい。ヨウちゃん、写真とかないのか？」

香住に言われ、手帳に挟んでいた写真を取り出した。

彼は私からそれを受け取った瞬間、絶句して床へ取り落とす。慌てて拾った香住は、謝りながら埃を払った。

時計の秒針の音が、急にうるさくなった。

「……それで、他に坏さんの行きそうなところを考えてみたんだけど……」

香住はコウの姿には触れずに、話を進めた。

梶神産科を出るとき、何かわかったらすぐに知らせてください、と香住は言った。けれどそれ以上の言葉はなく、あれから、どこか大人しい。

彼も私と同じことを思ってしまったのかもしれない。

「先生」と私は一度振り返った。

「コウは、生きていて幸せなんでしょうか……？」

心臓がゆっくりと脈を強くしていく。

ついに、口に出してしまった。

「それは、本人以外がとやかく言うことではないよ」

蝶番の軋みを経て、重い裏口の扉が閉まる。

詠子は予想よりずっと冷静だった。

「あれほど、コウちゃんを人に見せないでって、言ったのに……」

それでも悲しみと心配の間にわずかな怒りが滲んだ。この人が怒るところなんて初めて見た。

私は二人にすべての事情を打ち明けていた。

「コウが、一週間で戻ると言ったんだね？」

今までずっと黙っていた愛じいが、尋ねてきた。私は恐る恐る頷く。

「……それなら、多分大丈夫だ」

「どうして？　心配じゃないの」

「あの子は、神がかりなんだ。一応、人を使って圷砂百合の行方を追わせてはみるけれど、あまり意味はないだろう」

愛じいは、話は終わりだとばかりに、壁に手をついてゆっくり立ち上がる。

「待って」私は手を貸すと同時に、その躰を捕まえた。

「ずっと考えてたの。あわこさまってなんなのか。うちの敷地には、一体何があるの？」

義足を軋ませて、彼はテラスへ向かった。掃き出し窓を開け放つと、涼しい風が吹き込み、レースのカーテンを舞い上がらせた。

何度見ても美しい、見事な庭が広がっていた。椿の光る葉。鬼百合の群生、池の跡地を横切る石橋。遠くに見える白木蓮の葉の切っ先。

愛じいは碑のあるほうを指さした。

「……僕たちの祖先は幾千も摘み取ってはこの土地に埋めてきた」

「何を」と訊いても、愛じいは答えてくれない。

詠子が彼に寄り添う。彼女も知っているのだ。

「ヨウにもそのうち教えてあげるから、今は何も心配いらない」

＊＊＊

なすすべもなく、このまま初めから、私のきょうだいはいなかったことになってしまうんじゃないかと怯えていたころ。

コウはひょっこりと帰って来た。予告通り一週間後のことだった。

最初に、ずるり、と部屋のドアの下から黒い靄が出てきた。

「何……？」

私は両腕を抱き締めながら、それが人型になっていくところを見ていた。

やがて、あわこさまは窓のほうを指差す。

その網戸を開けたのは誘拐犯だった。彼女に抱きかかえられた生首が目を細める。

（ただいま）

片割れの姿を見たら、一も二もなく力ずくで取り返すだろうと繰り返し想像していたのに、それができなかったのは、誘拐犯からまったく生気が失せていたからだった。

眼の回りは酷い血行不良の暗紫色《あんししょく》で、二つの瞳はそれぞれあらぬ方向を向いていた。髪はところどころ抜けて、ぽつぽつと剥き出しになった頭皮は赤くなっている。ほとんど下着のような、ぞろっとした白いレースの衣服は破れ、かろうじて躰に纏わりついている。

どう見ても正常ではなかった。

それなのに幸せそうに笑っているのだ。

躰中の毛穴が開くような心地がした。

(下ろせ)

砂百合はやつれた腕を伸ばし、そおっとカーペットの上にコウを置いた。

「砂百合……なの?」

返事はない。私はコウをきつくきつく抱き締めた。

(ヨウ、ただいま、ただいま)

片割れは頰をよじり、外へ向き直る。

(ご苦労)

ほおっと、砂百合の顔が安堵に緩んだ。すでに口話は完全に理解できるらしい。蚊の鳴くような声で何か言うが聞き取れない。酷く早口で落ち着きがなかった。

「今、なんて?」

(気にするな。ヨウ、奥に下がれ)

片割れは器用に鼻を動かす。

「砂百合はどうしちゃったの? ねぇ、何をしたの?」

(砂百合、おいでぇ)

猫なで声で呼ぶと、女は躰を前後に揺らしてコウの言葉に従った。

――おん、と湿った圧が両肩を押す。

砂百合がふらついた。

（しゃんとおし）

コウが静かに言うと、砂百合は「ごめんなさい、ごめんなさい」と顔を覆い爪を立てた。隙間からコウの口話を窺うのはやめない。

砂百合は柱に寄りかかって泣き出し、腕をがりがりと掻き毟った。

わけが解らなかった。

（砂百合、いい子、いい子）

砂百合は嬉しそうな顔で手を合わせ、ぶつぶつとコウに向って拝みだす。

（筆談から始めて説得した）

「何……それ？」

砂百合、と私が呼びかけてみても、コウの言葉しか聞こえないみたいだった。若さと自信に満ち溢れた、聡明な女子学生の面影はどこにもない。

（私、あの子の、神さま）

砂百合が頷いた。「神さま、神さま」と口の中で繰り返すのが聞こえた。

（おいでぇ）

「……はぁい」と彼女が近づいてくる。

私はあの日記を思い出す。神さま。神さまの世界にいる存在。あんなことを考えている人間だったから、コウはそこをついたのだろうか。しかし……。

「嘘でしょ？　そんなこと……できるわけ……」

（どうして？　解り合えない人間なんていないのよ）

片割れは私の指先を愛おしげに吸った。

暗い部屋の中、砂百合が近づいてくる。神さま、神さま。恍惚としたようすで伸ばされる手。

（そう、私がお前の神。あの日の神話の生き物。砂百合、砂百合）

コウは、底なしの昏い瞳で砂百合を嗤った。

（お馬鹿だねぇ――）

そのときだった。

蜂の群れに似たものが一直線に飛んで来て、砂百合の躰を覆った。四肢の暴れるシルエットはやがて床に落ち、黒いぬかるみとなって蠕動《ぜんどう》する。

瞬きした刹那の出来事だった。廊下から詠子が走って来た。黒い煙の中で呻き声が裏返りながら続いていた。

「……何、これ」

（泡子さま）

あわこさまは止まることなく、砂百合を喰っていた。

（本物の、憑き神さまよ）

長い手足がばたんばたんと暴れた。関節の数が増えたみたいに、あらぬ方向へ細かく折れ曲がる。鉄の匂いに私は鼻と口を押え廊下へ下がった。詠子と抱き合う瞬間、ごきん、と大きな音がした。低い金属音に似たそれは、耳に響いて幻痛を呼び起こしてくるようだった。

何がどうなっているのか。どうして突然あわこさまが牙をむいたのか、解らない。次は私たちが喰われるのではないかという考えがよぎったが、あわこさまの害意の気配は私たちには決して向かってはこないのだった。

やがてコウは私の腕の中から、それに唾を吐き捨てた。

床の上に残った白い服の下には四肢も頭も見当たらなかった。さっきあんなにしていた血の匂いも、もうしない。布地の下は小さく、歪な形に膨らんでいた。

部屋の隅を見やると、あわこさまが佇んでいた。

見慣れた姿に、長い手足が増えていた。合計八本。そして紫に鬱血した女の顔が目を瞑り、太さの違う首の上に、ちょんと乗せられていた。

あわこさまは満足したように、にいっと笑い、暗がりに沈んでいく。

(流石に骨が折れた……)

コウは憔悴したようすで言った。

急にひっ、と悲鳴が上がる。詠子がしゃがんで床の服を捲り、その下を覗き込んでいたのだった。衣服の裾からはちらりと肌色が見えた。私はコウを抱き締めて、顔を背ける。詠子は信じられないという顔をコウに向けた。

(……ママン、お願い。助けておくれ)

廊下から杖を突く足音がやってくる。

詠子は深く息を吐くと、腕まくりした。砂百合の衣服でその下の中身をくるんで抱え「愛くん!」と杖の主を呼びながら廊下へ取って返した。

砂百合の残骸を見ずに済んだ。その肝の据わった背を、少し意外な想いで見送る。弱そうに見えても、やはり私たちの母親なのだ。私はへにゃへにゃとその場に座り込んでしまった。

コウはほおっと溜息を吐いて、私の胸に顔を埋めた。

「コウが無事で、本当によかった。よかった、ああ……」

（ヨウ）
「なぁに」

（……ヨ、ウ）

片割れは目を瞑って乾いた唇を開く。力の抜けた長い舌が貝類みたいに動いた。

私たちは梶神産科へ急行した。

＊＊＊

梶神産科の個室に、コウはこっそり入院することになった。

激しく消耗しているようだった。精神的なショックが大きいのだろうと梶神医師は言った。旺盛だった食欲も影を潜め、流動食を食べさせてもすぐに戻してしまう。

大学では砂百合は行方不明扱いで、家族が捜索願を出したと、香住のくれたメールに書いてあった。

「一体、どんな方法を使ったんだい？」

愛じいが渋い顔でコウに尋ねた。あわこさまに喰われた砂百合の残骸を二人がどう処理したのか、私はまだ知らなかったけれど、あそこまで小さくなってしまえばどうとでもなる気がした。

私たちはベビーベッドの手すりを掴んで見下ろしながら、憔悴したコウの口話を何度も聞き返し、ゆっくりと返答を解読していった。

（説得しただけ）

「言葉だけで、洗脳して、家まで送らせたっていうのかい？」

（いやぁね。説得だぜ。必死だったのさ）

そしてコウは迷いなく言った。

（私、まだ死にたくない）


どんな薬もコウには効かず、日に日に進行する衰弱は止められなかった。繋がれた透析や点滴のカテーテルは、抱き締めでもしたらどれかが外れてしまいそうだ。

片割れは、もはや口話もできなかったけれど、何を言っているのか私にだけは、目を見れば解った。

「ねぇ、攫われる直前に話していたこと、覚えてる？　大事な話だよ」

片割れの記憶力は絶対だ。形だけ尋ねたにすぎない。

「コウが死んだら、私もすぐに行くからね」

（だめ）

「コウがいないのに生きてたってしょうがない。あーあ、せっかく帰ってこられたのにね」

（だめ。命を粗末にするな。洗脳するぞ）

「『生きろ』って？」

片割れは顔をくしゃくしゃにした。

（頼む、生きて）

「……ねぇ、コウは私のこと恨んでないの？　馬鹿なお前よりも自分のほうが自由に動けたら、とは思わないの？」

（昔はね）片割れはまばたきで伝えてくる。（嫌いだった）

（でも、お前、私に「自分の手を片っ方あげたい」と言ったんだぜ）

「覚えてない……」

コウは唾を飲み（お前まで死んだら、両親が泣く）と嘯いた。

「両親って、父親誰だか知ってるの？　私たちが生まれる前に詠子とは別れちゃったんでしょ？」

（嘘。愛一郎よ）


外来が終わったあと、梶神医師が診察に来た。

「君たちを取り上げてから、もう十五年弱になるのか……」

そして眠るコウを見つめる。

「この子は愛されているんだね」

「当たり前じゃない。みんなコウが大好きで、大事だよ」

「当たり前、か……」

医師は壁際から丸椅子を引き寄せて腰かけた。

「本当は、その子を生かしていいものか迷ったんだ」

彼は静かに語り始めた。

「その子を初めて見たとき、到底助からないと思った。それ以上に、助かってしまったらもっと酷なことになるとも思った」

沈黙の中にコウの寝息が響いた。

「……けれど、できなかった。あのとき、『この子なら』と希望を抱いてしまったんだ。ふと湧いた自分の甘さのせいで、君たち家族がばらばらになるんじゃないかと何度も後悔したし、未来が恐くもなった」

「………」

私はこんなおじさんが声を詰まらせるのを初めて聞いた。

「君たち家族は、幸せだった？」

医師と目が合う。私は強く頷いた。

医療機器から聞きなれない電子音が鳴る。医師は立ち上がり機械とコウのようすを窺うと速足で出て行った。

——死・に・た・く・な・い。

コウは血走った両目いっぱいに涙を溜めていた。

——死・に・た・く・な・い!!

同じ言葉を、音もなく繰り返した。

厭だ、恐い、助けて！

頭がいいということは、もっと達観していることだと思っていた。

(死んだら、何も、考えられなく、なる)

愛一郎と詠子が部屋に飛び込んできた。

（死んだら、二度と、お前を、思い出せない）

医師とその妻の看護婦も傍らに控える。

（寒い………）

家族三人でコウを囲んで、頬に額に、手を触れた。

（ヨウ……いる？）

「いるよ……！」

ここにいるよ。ずっとずっと一緒だよ。

私たち家族は、名前を呼び続けることしかできなかった。


（死、に、たく、な…………）

＊＊＊

くるくると、白木蓮の萼《はなびら》が回りながら落ちて、肩を掠めた。

碑の側に立てた、辞書ほどの大きさの御影石の下に、不村コウは眠っている。

片割れの生への執着は生まれた直後から最期まで変わらなかった。

コウは誰より生きることを謳歌していたのに。それなのに私は。

押しつけも甚だしい――。

「命に次ってあると思う？　昔さ、高校生のころ子猫の死体を友達と見つけて、供養したって話してたでしょう？　そのとき『次は幸せに生まれておいで』って思った、って」

隣にしゃがんで合掌していた詠子に話しかけると、彼女は手を下ろした。

「話したね、そんなこと。お母さんは何の疑問も持たずにそう思ったよ。だって、次がないなんてあまりにも哀しいじゃない」

詠子は四国の離島生まれで、高校を出る前に島を出たのだという。当時の話をしてくれることは珍しかったので、私はこのエピソードをよく覚えていた。

「そういう発想って西洋にはないんだよね？　輪廻転生って、仏教的な思想だから」

「ヨウも随分と勉強するようになったんだね」

後ろから愛じいの声。

「ちょっと、馬鹿にしすぎ」

「ヨウちゃん、愛くんは褒めてるんだよ」

詠子が顔を覆った。

「今世でも来世でもいいから、またコウちゃんに会いたいよ……」

束ねたまま燃やした線香の煙がたなびいた。

「……昔、ここには立派な屋敷があった。僕の生まれた家さ」

懐かしむように愛じいは目を細めた。

私はこれから語られることを予感して、耳をそばだてた。

「僕が小さいころはね、不村家にいたお手伝いさんたちは、みんな、人とは違う躰を持った人たちだったんだ。ヨウには想像できないかもしれないけれど、昔は電気もガスもなかったから、広い敷地で暮らすにはどうしても人手が必要だった。でも普通の人ではあわこさまに喰われてしまう」

「喰われて、しまう……？」

「あわこさまは、不村家の人間以外の健常な人を襲う」

線香の火が帯まで達して、色の濃い煙を上げた。

「だからご先祖さまはやむなく、ああいう人たちを集めたんだ。だけど村人には、酷い悪趣味としか思えなかったようでね……」

「家にお客さんを上げてはいけないっていうのは、それが理由？」

彼は静かに頷く。

愛じいは葉叢の向こうを指差した。そこにはコウと私が、幼いころによく遊んだ碑がある。

「あの碑に刻まれた旧《ふる》い文字の中に『水子』という字があるのがわかるかい？」

私は横に首を振る。コウには幼いころから読めていたのだろうか。

「ずっと昔。不村一族の女性たちは産婆、今で言う助産師をしていた。不村の霊験にかかれば、異形の子どもはけっして産まれない、と評判で……」

その先を予想するのが恐かった。

「でもね、そんなことがあるわけないのさ。すべては極秘の教えのお陰だったんだ。『幸福になれない子は送り還してあげるのが務め』というね」

彼の顔はこちらからは見えない。

「その碑はただの水子供養じゃない。僕ら一族の手で間引かれてきた子たちのためにあるんだよ。不村の女たちは、取り上げた赤子が普通の子と違ったときは、その場で絞め殺していただけ。それが奇跡の真実だ」

碑の後ろから、ふいに水の跳ねる音がした。

ぴちっ……、ぴしゃ……。

「あぁ、正体を暴かれたからかな……」

私たちが息をひそめると、それきり静かになった。

「そして、妊婦と家族には『最初から死んでいた』と言ってやるのさ。僕の母の代で廃業するまで、一族は多くの命を摘み取ってきた。うちを祖とする梶神さんなんかの傍流も含めると、数えきれないほど。その無念のすべてを、ここに祀った」

私は碑から目を離せないまま、言葉を紡ぐ。

「間引くって、何。植物の苗じゃないんだよ……」

「そう、人間だ。だけどねヨウ。そういう時代だったということは忘れないでくれ。食料も医療も有り余る現代とは何もかも違ったんだよ」

愛じいの背に詠子が寄り添う。

「不村の女たちが殺さなければ、親か、他の誰かが殺しただけだ」

「そんなこと……わからないじゃない。生きたかもしれない！」

「生きたかもしれないね。他の何かを犠牲にして、その子を生かすために身を削った家族の姿を見つめながら、生きたかもしれない……」

愛一郎は老眼鏡を外して、目頭を揉んだ。

「……そのせいで、不村家にはコウや愛じいみたいな子どもが、生まれやすくなったの？」

「わからない。ただたくさんの命を摘んだ業が、他とは違う憑きものを生み出したのだと、僕は思う」

業が憑きものを……生み出した？

昔コウに教えてもらったことがある。

「憑きもの筋」とは動物霊が憑いた家系のことだ。たとえば狗神《いぬがみ》は、土中に埋めた犬の首を刎ねて契約を結ぶというのはよく聞く話だ。他にも狐狸や鼬《いたち》など霊力があると言われている動物が憑くことが多い。

「『水子は祟らない』と言われている。なぜだか解るかい？」

「コウが言ってた。赤ん坊は、怨念を持つには純粋すぎるんだって」

愛じいが立ち上がったので、私たちもあとに続いた。

彼に合わせた歩調で石橋を渡り、木漏れ日に足を踏み入れる。

「そう。真っ白な精神では未練を残すことなく還っていく。だから供養も要らない。昔はお産で死ぬ子どもの数も今の比ではなかったからいちいち供養していられなかったという背景もあるだろう。現代においては、生んでやれなかった親の心を軽くするための方便でもある。だからと言って彼らは、生きていなかったわけじゃあない」

私たちは碑と対峙した。

「我が家に取り憑いているのはね、狐狗狸でも鼬でもない。己が何者かも解らないまま殺された、自らの名を知らない者たちなんだ」

——それが、あわこさま。

不村一族は、水憑きの家。

どこの憑きもの筋とも違う、この世にただ一つの。

「あわこさまは不村家を護っている。そして同時に仇なしているんだ。一族の子どもの躰を奪い、家に踏み入る一族以外の健常な人間を排除しようとする」

過去のことなど私たちには関係のないことだと思うのは、身勝手だろうか。

私も詠子も愛じいも、誰の命も摘み取ってなんかいないじゃないか。それなのに憑きものがいるなんて、酷く、理不尽な話ではないか。

その犠牲の上に栄えた家系図の先端に、私がいるとしても。

私は長いこと黙りこんでいた。

「ヨウちゃん？」詠子が眉尻を下げる。

「うちの先祖は、結局みんな人殺しなんじゃない。コウのことを思ったら、どんな理由があったって許せない」

「……ヨウ、ご先祖さまが罪を背負って来たことで、救われた人たちもたくさんいたんだよ」

「救いって？　何が救いになるかなんて、本人にしか解らないことじゃない。ううん、本人にも解らないときだってある。私みたいに視野が狭くなってしまったときは、その重みに気付けなくなるの」

コウは、あんなにも生きたがっていた。

あの悲痛な姿を、忘れたとは言わせない。

「みんなコウが大好きだったじゃない。家族だったじゃない……！」

本当は愛じいの言うことだって、解っているのだ。

彼は天を仰ぐ。その横顔に、堪えていた涙が伝った。

「僕は……あの子だから絶望せずにいられただけなのかもしれない。生まれてきたのがコウじゃなかったら、愛せていたかどうか、わからない……」

白い花が風にそよいだ。

喉がひりつく。

私は掃き出し窓から靴も揃えずに家の中へ上がった。

廊下へ出ると突き当りの暗がりから、おん、と生臭い気配がした。

潮の香りに似ていた。ぴちっ、ぴしゃっ、とまた水音。

「――っ……！」

それが耳の奥から鳴っていることに気付いて、掻き毟るように両手で耳を塞いだ。力が抜けて、膝を突く。

始まりの記憶は水の中。

紐の先についた私と片割れ。透ける自分の手と尾っぽ。

どうして今まで忘れていたんだろう。私とコウが世界に二人きりだった、あの遥かなばら色の海。

こんな途方もない奇跡を、生まれ落ちたあとは誰もが忘れてしまう。

そうして粗末にしてしまうのだ。

顔を上げると、あわこさまがいた。

コウがいなくなった今、「お納め」した躰はすでにない。砂百合を喰らって得た生首ももう形を成さず、どろどろと黒い水が頭の高さを不気味に揺蕩っているだけだった。ただ、足元だけは年老いた老人の膝下の姿で、しっかりとそこに立っていた。

昏く、深く、静かに。

これは、ずっと家の中に居続ける。

いなくなることはない。

「あ……、あぁっ…………！」

私は慄える手足を引きずって、裸足で家の前の歩道へ出た。アスファルトに擦った足から血が滲む。

この家を出よう。抜け出そう。

私の片割れが生かされていた奇跡の時は終わった。

何もない。コウのいない世界では、何も。

けれど。

片割れは最後まで「死にたくない」と言っていた。

それなのに、恵まれているはずの私が、コウのいない世界で生きる意味を見失ってしまっている。

ただ「生きて」という、あなたの言葉に縛り付けられているだけ。

それがあるから死ねなくなってしまったというだけ。

鳴りやまない水の音が、私に連なる幾多の命を押し付けてくる。


――コウ！


シアン色の空は、地上の生物の生き死になど素知らぬ顔で澄んでいる。

私の足元に、雪原の冷気が立ち昇ることは二度となかった。

――一九九八年　春
東北某県、不村邸にて

月の鼓動を知っているか

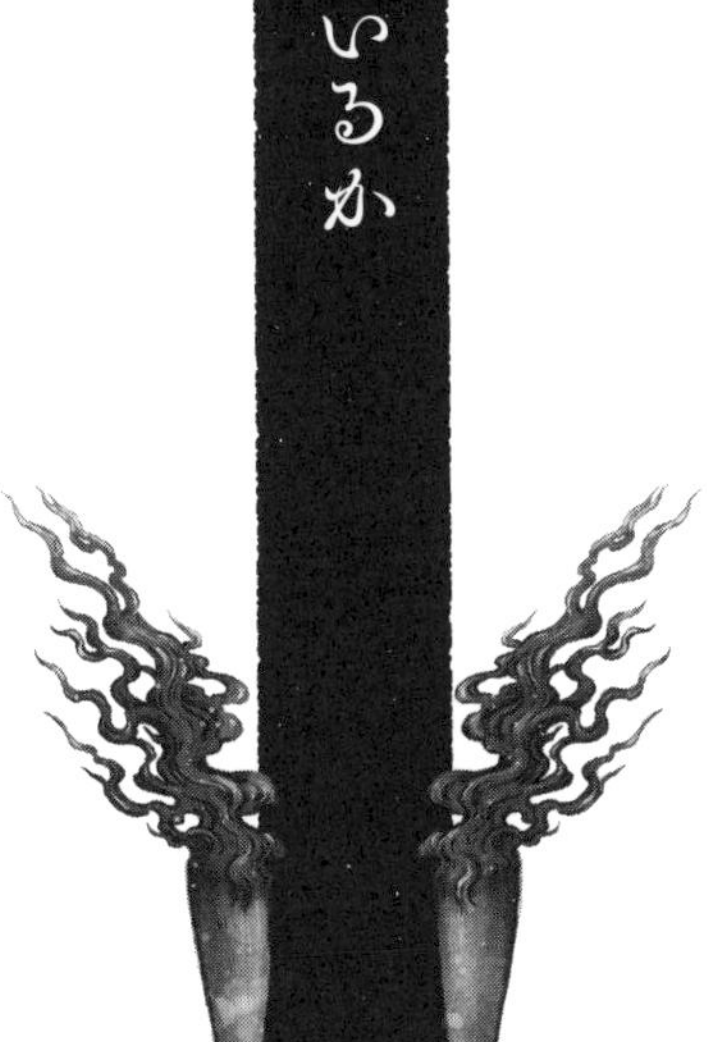

目の悪い者にしか観られない景色がある。

どのくらい悪ければという具体的な数字はわからないから、一つ試してみるといい。晴れた半月の夜に裸眼で月を見つめてみて。満月に見えるでしょう？　滲んでまあるく見えるはずだ。じっと、眼を離さないでいるんだ。やがて月は拍動して、膨張と収縮を繰り返す。おそらく一点からの光を直視しているせいで、瞳孔が閉じたり開いたりしているんだよ。それで光の入ってくる量も変わってくる。あくまで推測だ。他に考えられるのは……そうだな、瞳が乾いて涙が滲むからか。また乾く、潤う、乾く、繰り返して月は滲む。

ともかく、これでひと月に何度も満月を拝めるわけだ。

月が脈打つ姿はなんとも言えないものがあるよ。見た人にしかわからないからな。死ぬまでに一度はやってみなよ。

やらないと後悔するよ。今日この話を聞いたからには、お前は死ぬ前に必ず「月の鼓動」という言葉を思い出すんだから。

………………。

……うん？　お前、裸眼でニーテンゼロもあるのか。

なんだ、残念だな。

＊＊＊

「老眼だったらどう見えるのさ」と難癖をつけてみると、善足《よしたる》は露骨に馬鹿にしたような流し目をくれた。優しい顔をされるよりも、僕は平気でこういう顔を他人に向けられる白刃《しらは》のような人間が好きだった。彼は長机の下で組んでいた脚を通路に出しながら、答えることはせず勉強用の眼鏡を外してノートを仕舞う。

大じいちゃんには見えるかしら、その鼓動というやつは。大学病院の八階にある個室に入院している、生まれつき脚のない老人。初めて会ったのは去年、高三の秋だ。

「飯食って帰ろう」予備校を出るなり善足は言った。

「また？　外食って飽きるんだよなぁ」

自動ドアを出て見上げた予備校の電光看板は古く、じりじりと呻いていた。制服の現役生は足早にメトロの階段へ吸い込まれていくのに、私服姿の若者たちは老犬じみた歩みで、そぞろに散っていく。

「僕最近、勉強のためじゃなく善足と晩ごはんを食べるために家を出ているような気がするよ」

「いいでしょう、別に。息抜きがないとやっていられない」

薄笑いの横顔は、男の僕から見ても匂い立つようないやらしさに満ちていて、柔らかそうに流れるやや赤みを帯びた黒髪は、いつも濡れたように艶やかだった。

「そうだね……まっすぐ帰ったって、どうせ勉強しないしな」

そのうえ家には誰もいない。

「だろ？　面白いものを手に入れたんだ。長居のできるところがいい」

結局、半個室のある居酒屋へ落ち着いた。僕はまだ十九だけど善足に会ってから酒を覚えていた。彼は医学部を三浪していて、評判のいい予備校に通うために親元を離れて都内のマンションで一人暮らしをしている。随分と贅沢な話だと思ったが、彼の周りでは別段珍しいことではないらしかった。付き合ううちに、この男には真面目に受験する気がないことが解った。顔に出ないのをいいことに教室にも飲んでから来ることがある。

善足が取り出したのは一冊の本だった。雲母刷りの白い和紙でできた、立派なカバーがかけられている。

「『フランキンセンス』？」細い書体のカタカナを視線でなぞる。

「『乳香』っていう意味だよ。作者の名前は山永千宇《やまながちう》」

「知らないな。『壁兎出版』……へきと？　聞いたことない会社だ」

僕がスマートフォンで検索しようとした指を、グラスと反対の手で弾いて、善足は目次を開いてみせた。

「無名だけど普通の出版社だよ。怪しい会社じゃない。その自費出版部門から出た本らしい。これを置いていた古本屋の店主が言うには、作者も素人で、中身は『自分史』ってやつだ」

「古本屋までいってそんなもの買うなんて、本当に物好きなんだから」

「否定はしない。でも、ただの暇な年寄りが書いた苦労話のエッセイじゃないから、買ったんだよ」

少しの間、お互い無言になる。僕の呆れた気配を勘違いしたのか「何？　味見したいの？」とハイボールの飲み口を差し出された。ちょうどお通しが運ばれてきて、女子大生のアルバイトらしい少女はそっと息を飲み、嬉しそうに去った。善足と二人でいるとよくこういうことがある。

「知り合いに配るか同人誌即売会で売ったか……、とにかく少部数しか世に出回っていない。……目次のここを見てごらん」

指し示された場所には「F家の奇譚」と書かれていた。

「前に話してくれたよね。亡くなったお袋さんの実家は『不村《ふむら》』っていう珍しい苗字なんだって。……奈央《なお》に訊いた話によく似てるんだ。この山永千宇という人は、生まれつき八つの乳房の持ち主で、若いころに不村家で女中をしていたらしい。本にはそのときに見聞きしたことが書かれてる」

いつか自分で話したものの、オカルトじみていて僕自身あまり信じていなかった。けれど幼いころに母がときおり話してくれた断片を、僕は集めていた。

――あんたはまだ小さいから、わからないだろうけど。

又聞きの又聞きであろうそれらは、輪郭を持たないいくつもの断片となって、想像のフィルター越しに僕の記憶に収まっている。音だけで覚えていた物語は、大きくなってからふとしたときに思い出されて、僕は改めてその意味を知るのだ。

「善足、この本……」

「あぁ貸すよ。それで、行きたいところがあるんだけど……」

本を小脇に抱え、マンションに着いたのは日付の替わったころだった。青い光で満たされた外廊下から見下ろす街は点滅し、それに目が眩んだのか、細い月は上弦に顔を背けている。

玄関の鍵を開け、家中の電気をつけて回った。最後に仏間にしている四畳半のドアを開けると、母と目が合った。

「ただいま」

黒く四角いフレームに収まった、若い顔。

母、香住《かすみ》ヨウは僕が幼いころに死んだ。彼女は不良少女だったらしく、中学のころに家出をして、大学生だった父さんの家に転がり込みそのまんま結婚してしまったのだが、僕が六歳のころに刺し殺されてしまった。

犯人は圷恵《あくつめぐみ》という女で、ヨウと面識はなかった。彼女はヨウの友人の母親だったという。その友人というのは父さんと同じ大学の院生の先輩だったのだが、当時のヨウは中学生だ。大学院生と友人同士というのは珍しい。

どこまで本当かわからないが、圷恵は典型的な親馬鹿で、娘の望むものは何でも買い与え、やることなすこと褒めそやし、という調子だったそうだ。

その大事な娘が失踪する前に急速にヨウと親しくなったことから逆恨みしたらしい。圷恵はその場で取り押さえられて今は獄中にいるのだが、世間は騒ぐし、噂は巡る。香住家ではただでさえよくなかったヨウの印象は地に落ちた。残された僕は、仕事で忙しい父さんに頼られた祖父母にしぶしぶ育てられた。

――あの女の実家は、憑きもの筋だそうじゃない。

幼心に祖母の声が耳に残っている。だから早死にしたのよ。それも人さまに殺されるほど恨みを買うなんて。子どもがいちゃあ再婚もできないわ。

父さんは僕が手のかからないくらいに育つのを待って、この東京のマンションへ越したけれど、今までの埋め合わせをしようという考えはないようだった。

「何やってるんだ、そんな暗い中で」

いつの間にか、父がスーツのジャケットを脱ぎながら部屋に入ってきていた。

「いや、別に」

「ヨウちゃんに、手を合わせてたのか」

父さんは座布団に腰を下ろし、手を合わせた。

上着は脱がないほうがまだましだっただろう。空気が流れて、甘い香水の香りが鼻をかすめた。母が亡くなってもう随分経つ。この香りは中学のころから知っているのに、未だに紹介してくれないのはなぜだろう。父はまだ若い、充分受け入れているつもりなのだが、その人と僕を家族にするのは気が引けるのだろうか。

「奈央、さっき、ヨウちゃんのご実家から連絡があってな」

「不村家から？」

どうしてか口にする度、舌がざらつく名前だ。

「お前についての話だよ」

＊＊＊

父の青い車は滑らかに停車した。都内の名門私立大学の正門前。夏と秋の間の清澄な風が梢を泳がせていた。

「あ、ここでいい。下ろして」

「奈央、ここも受けるんだっけ？」

「ううん、友達と大学博物館を見に行くって言ったじゃん。構内見学とかじゃないんだ。純粋な遊び」

「ここ博物館なんかあるんだ。じゃあさっきの話、考えといてくれな」

車が走り去ったあと、構内を並木沿いに歩いていった。父さんが「送る」と言い出したのは、この間の話を改まってしたかったからだ。

大じいちゃん、不村愛一郎《あいいちろう》の容態がいよいよ危ないらしい。

彼は去年に初めて顔を合わせたときから、僕を不村家に迎えたいと言っていたのだという。もう自分は長くないから、詠子《よみこ》——僕にとっては母方の祖母に当たる人——と一緒に暮らさないかと。遺産の税金対策としても、僕を養子にして詠子と分け合うと都合がいいのだという。莫大というほど多くはないけれど、まとまった額ではあるらしい。代わりに将来詠子の面倒を見てほしいという意味もあるようだ。

冗談じゃない——。不村邸があるのは、仙台市から車で一時間はかかる奥羽山脈の中腹に位置する、見も知らぬ土地だ。大学を卒業したあとに住むとしたって、このマンションへ越してから一度も東京を出たことのない自分には不便な場所だろう。

だよなぁと父さんも後ろ頭を掻いた。丁重にお断りしてほしいと頼んだが、父さんはどこか残念そうな顔で運転を続けた。

もしかして行ってほしかったのだろうか。いつも僕が自室に下がったころを見計らって深夜に帰ってくる彼は。母との馴れ初めをけして語りたがらない、この人は。

「お前の好きにすればいいと思うけど、もう大人なんだし、あえて俺と一緒に暮らすことを選ぶ理由もないだろう。なんにもしてやれなかった」

その言葉で僕の疑惑は固まった。

「ヨウちゃんがいたから我慢できたけど、俺は彼女の実家にはあんまりかかわりたくないんだよ……」

「憑きもの筋、だから?」

信号をいくつも越えた長い沈黙のあと、彼は言った。

「……恐いんだよ」


枝葉の音が耳鳴りのように聴覚を満たしていく。それ以外聞こえなくなると意識は余計に内側へ潜り込んでいった。油断した瞬間に、心の襞が剝けてきてしまいそうだ。

僕はもう十九なのに、相変わらず親の都合に振り回されているじゃないか。いっそお望み通りに家を出てやろうか。けれど、家を出たら希望の大学にはいけない。

卒業までの我慢だ、そうすれば……。

そうすれば? どうなるっていうんだろう。善足と違って僕は大学を出てどうしたいというはっきりした目標もない。

歩道の脇に構内案内図を見つけたとき、その横顔に目を吸い寄せられた。

同い年くらいの少女がじっと広い地図を見上げていた。

肩につくくらいの癖のない素直な黒髪。軽やかに梳《す》いていて清潔感があった。薄化粧の整った目鼻はこざっぱりとした雰囲気を持ち、頰と唇はほんのりと桜色。僕は黙って隣に立ち止まり地図を見上げた。目的地の「博物室①」はすぐに見つかった。そちらへ向かおうとしたが、隣の彼女が大きく首を傾げているのが気になった。回りの建物を見ながら少し唸って、また首を傾げる。

僕のほうを向いたときにしっかりと目が合ってしまった。

「わ、人がいたんだ」

「地図を回せないから、そうやってるの?」

少女は気恥ずかしげに下を向いた。

「ねぇ君、博物館がどこだかわかる？」

そうして、僕と彼女は一緒に歩き出したのだった。

「高校生？」

彼女は馴れ馴れしく言った。

「そう見える？　普通は一番に『ここの学生かな』って、思いそうなもんだけど」

「大学生には見えないかな。それよか『大きい中学生』ってほうがまだ頷ける。だって君、置いてけぼりにされた子どもみたいな、誰かに話しかけて欲しそうな顔をしてるんだもの」

並んで歩くとすれ違う人たちが視線をくれる。不思議な雰囲気がある少女だった。彼女の周りだけ、ぽっかりと深いブルーが揺らめくような……。

馬上咲《まがみさき》。それが少女の名前だった。

横顔がどこか善足に似ているような気がした。いや違う、そうじゃない。

善足を見ているときに近い、落ち着かない気分にさせられるのだ。

建物の庇の下で待っていた善足は、僕たちの姿を捉えると、居心地の悪そうな僕の顔を見てまた小馬鹿にしたように微笑んだ。

＊＊＊

硝子ケースの向こうに佇む躰に、僕たちは見入った。

首も腕も下半身も切り落とされて胸を開いたポーズの剝製は、獣のものとは違い、透明な樹脂で塗り固められていて、作り物のように見えた。

「毛がないからね、人間は。ヒグマや鹿みたいに生き生きとした姿で保存するってことはできないものなんだと」

腋の前から、乳房、そして肋骨の上から臍の横まで、並列に並んだ乳首が黒ずんで尖っていた。乳房の膨らみは垂れ下がり、想像していたような脂の乗った艶かしさはなかった。

「享年六十七歳。館は個人名を公表していないけど『フランキンセンス』に書いてある通りなら、彼女で間違いないはずだ」

馬上は口をへの字にして僕たちを見上げた。善足は「あぁ、ごめんねこっちの話」と気障《きざ》に微笑んで、彼女を次の展示ケースへエスコートした。

残された僕は副乳のある躰を見つめた。生前から契約を結んでいた医学博士が自然死のあとに正当な手続きを経て遺体を引き取り作ったものだ。当然、事件性も何もない。それなのに異様に仄暗《ほのぐら》い影を感じ、骨と血管の犇《ひしめ》く断面に自分が落ちていってしまいそうな気さえしてくるのはなぜだろう。

手記を読んで彼女という人間を知ったせいもあるのだろうか。グロテスクとは思わなかった。ただ奇妙に、痛々しくそこにある。彼女の前ではどんな言葉も傲慢なような気がして、正しい距離の取り方が――生きた本人が目の前にいなくとも――摑めなくて落ち着かなくなる。

手記にも書いてあった。

「私の異常は服を脱がなければわからないから、他の者たちの苦悩と比べられるものではない」と。けれど彼女のその言葉だって、ある種の謙遜からくるものではないか……。

謙遜……？　程度の多寡で？

自分の考えの、言いようもない薄気味悪さに辟易する。

「香住くん」

一人で戻ってきた馬上が、後ろ手に僕の顔を覗いてきた。

「あの人の蘊蓄から逃げてきちゃった」

「え、面白いのにもったいない。女の子にはつまんないか」

「ふふ、そうだね。それより香住くんの見解が聞きたいな」

僕たちはどちらからともなく、互いの顔から視線を外して副乳の女の剝製を見た。

「立派なことは言えそうにないから、感想でいい？」

「うん」

「人間の苦悩って、どんなことでもその人だけのものだよなって、思ったよ」

馬上はただ頷いてくれた。彼女のいる側の半身がじんわりと熱を帯びてくる。

僕は彼女以外にはこの感想を秘密にしておこうと思った。

＊＊＊

秋分を過ぎた午后の病室は空気のぬるむのもまた、早くなっていた。一番温かいときを下り、稲穂色の光が地平の裏に向かう遠景。八階の窓からはよく見えた。

「詠子ー。詠子ぉー……」

ベッドの不村愛一郎へ、流しで布巾を絞っていた祖母がスリッパを鳴らして近づいていく。

「なぁに」と彼女が静脈の浮いた手を彼の頰に当てるなり、愛一郎はほうと息を吐いて、眠ってしまった。点滴が規則的に滴《したた》り、タオルケットの下から伸びたカテーテルがベッド横にかけられたパックに色の濃い尿を溜めていた。

「最近いつもこうなんだ。用もないのに呼んでくるの」

不村邸で愛一郎と二人で暮らしていた彼女は、愛一郎の病気が悪くなったことで、ほとんど付き合いのなかった父を頼った。この病院に愛一郎を入院させて、自分も看病のために上京し、近くに借りたマンスリーマンションからここへ通っている。

この世代の人にしては珍しく女言葉を使わないこともあり、妙に若い印象のする女性だった。

「奈央くんと初めて会ったときから急速に進んじゃったみたいでね。もう、ちゃんとした話をするのは難しいみたい。この間も『奈央くんはそろそろ中学生か』って。何回も『もう高校卒業したんだよ』って言ってるのに……。あ、ごめんなさい」

「別に気にしないよ。『今は浪人生をやってます』って言えばいい」

高校の先生や元同級生たちと違い、本当に大したことではないと思っているから、忘れてしまうのだろう。こういった彼女の不器用さはむしろ心地よかった。

詠子は、主治医に呼ばれているから、と僕に部屋を任せて出て行った。誰か来たら部屋で待っておいてもらってね、と。

ソファに深く背中を預けた僕は、手の中の小さな機械に指先を這わせて、馬上と交換したアドレスの字面を眺めた。あのあと、喫茶店に入って三人で軽く話をして別れたきりだ。馬上は都内の女子大の学生なのだという。そういえば、どうして別の大学の博物館など見に来ていたのだろう。

「お腹、空いたなぁ」

ベッドから声がした。老人の独り言は声が大きい。

「さっきばあちゃんがキウイ剝いてくれたよ。ほら」

僕は躰を起こすのを手伝ってやって、サイドテーブルにあったお皿を渡した。大きなシミのできた頰を震わせて、愛一郎はキウイを食べだした。

「昔、神童だったって本当かな……」

築いた財がある以上、本当なのだろう。けれどそれも認知症が出始めたころに共同で事業をしていた人に随分と持っていかれてしまったらしかった。

山永千宇の手記には「木村氏《きむら》」という、憑きもの筋家系の縁組の仲介や世話役のようなことをしていた不思議な人物が登場する。

「木村氏って、たぶん母さんの話に出てきた『木村さん』のことだよな……今も健在なのかな?」

「木村さんがぁ……?」

こちらを向いた愛一郎に、不意を突かれた。

唾を飲み、大きな声でゆっくり言った。

「木村さん。覚えてるの?」

「ああ、ああ……、木村さんねぇ」

「じゃあ、山永千宇は?」

「……ちうさん、うん、あぁ……」

「……じゃあ、菊太郎《きくたろう》は?」

愛一郎は、歯の抜けた口をぽっかりと開けた。

「……詠子ぉー……」

「ばあちゃんは、今出てるんだ」

「ごめんよぉ……きく」

ぎょっとしてベッドの柵から手を離した。穏やかで手がかからないと聞いていたのが嘘のように啜り泣き始めた。赤ちゃん返りというやつか。縋るようにまた、ごめん、ごめんと繰り返す。

「やっぱり大じいちゃんは、わざと菊太郎って人を……」

壺彦《つぼひこ》という人を焚きつけて……。

「だって、酷いんだ……、二人とも、僕が邪魔だったんだ……」

窓の外には真昼の月があった。鼓動は闇の中でしか見えないだろう。愛一郎が皺だらけの口を開く。

僕は何度も何度も、質問を重ねていった。

老人の言葉は在りし日を回顧していく。

彼の語った断片は、僕の組み立てていた物語を補強していった。

病室がノックされた。「詠子か」という愛一郎の声。しかし引き戸の向こうに現れたのは見知らぬ男と、あろうことか馬上咲だった。

秋にはまだ暑そうな真っ黒い外套を纏った長身の男。若者と壮年の間くらいの、なんとも言えぬ奇妙さがある。

「おや、詠子さんは？　あなたは……孫の香住奈央さんですね」

彼は手帳を開いて毛筆で大きく二文字書かれてあるページを見せてきた。

「――不村？」

「木村です。悪筆で申し訳ない」

彼の後ろから一歩前へ出た馬上が僕を見上げた。

「どうして君がここに？」

「私ね、本当は木村さんに香住くんのことを教えてもらったの。それであの日、どんな人かと思って会いに行ったんだよ」

僕の家の前から、乗っていた車をタクシーで尾行していたと彼女は言った。

「私、ずっと君を探してたの」

真っ直ぐな言葉は、少なからず僕を動揺させるものだった。

「香住くんは木村さんが探してくれた、私の結婚相手候補だったの」


馬上の実家は島根にあり、人狐——狐の霊に憑かれた家なのだと言う。

ひとまず二人を部屋へ通し、ベッドから離れた応接セットへ落ち着いた。

今までの僕ならば、新手の宗教かと追い返すところだろうが、あの手記と大じいちゃんの話のあとでは、そうする気にはなれなかった。

「でも、今の時代そんな民間信仰を真に受けること、ないんじゃないか？　どうしてもって言うなら同じ狐憑き同士で結婚したらいい」

馬上は唇を尖らせて、頷いた。

「もちろん、私も君と似たようなことは考えたよ。だから君を口説きに来たわけじゃないの」

白い歯を見せながら彼女は笑う。

「一応会っておきたいじゃない？　そんなことで破談になるようなこと、ないと思うけど絶対とは言い切れないし、同じ憑きもの筋の人で、いい人がいたらそれに越したことないもの。縁がなかったとしても、私は君と友達になれてよかったと思ってるよ。同じ境遇の相手なんて、そういないでしょ？」

なるほどね、と答えながらも、どこか僕をからかうようなようすに悔しさを感じてもいた。

「私は他の家族に比べて、霊感が弱いらしいから、おかしな目にあったこともない。木村さんも、時代が下るにつれて畏怖は薄れて霊も朧《おぼろ》になっているって話してたね」

視線を向けられた木村は「はい」と頷く。

「だからただの好奇心。未来の旦那さまになるかもしれない人に、会ってみたかった」

ほっとした僕は木村に向き直った。

「不村の幽霊……、水憑きだから、『水の霊』？　それは母について来て、香住家に取り憑いていたりするんでしょうか？」

「不村家はすべてが特殊なのです。お宅の憑き神は碑の回りの土地に憑いているので余所の家へ移ることはないようです。昔、久緒《ひさお》さんが嫁いだ狗神《いぬがみ》持ちの夜比奈《よるひな》にも『あわこさま』がついて来たということはなかったそうですから」

「なかったそうです、って誰かに聞いたような言い方ですね」

はっはと木村は声を出して笑った。

「先代から聞いたのです。木村の男児は代々そっくりな顔をしているのですよ」

手の中の液晶画面に通知が入った。それから一分もしないうちにノックがされた。

「あぁ咲ちゃん、久しぶり。……初めまして、奈央の友人の真久米《まくべ》善足です」

僕は二人を座らせてすぐ、善足にメッセージを送って助けを求めていたのだ。今日は予備校が休みだからかラフな格好だった。寝ていたところを急いできたのか、石鹼の香りがした。誰かと一緒にいたのかもしれない。

話を戻し、僕は木村に尋ねた。

「不村家は、僕の祖母の代で途絶えるんでしょうか？」

「ええ、このままいけば不村詠子の代で終わりでしょう」

滅びてしまえ、と若い日の母は実家を呪っていた。今の時代の感覚からすると、家の存続なんかよりも個人の幸せが優先されるのは当然だったから、母をおかしいとは思わない。

「滅んでしまえば、それでおしまい、という話ではないのです」

開いた膝の間で、前屈みに指を組んだ木村は言った。

「言ったでしょう、不村家は特殊だと。普通の憑きもの筋でしたら、家が途絶えたら霊も絶えます。しかし不村の霊は一族に干渉するものの、土地に憑いているのです。不村家最後の人間が死んだあと、誰も住まなくなったあの地がどうなるかは未知です」

「ちょっと、待ってください。それってどういうことですか？」

訊き返す僕よりも、善足のほうが先に話を理解していた。

「つまり『不村家の血を引いてる者』か『健常ではない人間』以外は、踏み入れれば襲われる呪いの地。そこに住み続けることで、他人の侵入を防いでいた者たちがいなくなるってことは、管理上の問題が起きるということですね」

「左様です。随分とお詳しい」

「奈央にあらかた聞いています。未知、とおっしゃいましたが……」

「まったく予想できなくもありませんが、なにぶん前例がございません。このまま時代の光に飲まれていけば、影響は薄くなって行くでしょうが」

子どものころに読んだ妖怪の絵本に似たような話が書いてあった。人工の灯りで追いやられ、畏れられなくなり、人ならざる者は棲家を失くしていったと。

「私から言えるのは、当面はあの地が人手に渡らないようにすることがせいぜい、ということのみです。詠子さんには、今日はそのお話をしに上がりました」

「ねぇ、大じいちゃんがボケる前、急に僕を不村家に迎えたいって言ってたのは、それが理由だったの？」

残されるばあちゃんが心配で、自分がどうにかなる前に一族の後継が欲しかったのか。

かいつまんで話すと、木村は頷いた。

「そんなことをおっしゃっていたのですか。確かに詠子さんだけでは心もとないでしょうし、他に当てはないでしょうからね……」

噂をすれば影とばかりに祖母が引き戸を引いた。

「少し喋りすぎましたな。何、あなたは不村家の人間ではありませんから、気に病むことはありません。あの地を訪れることだってこの先ないのでしょうしね……」

病院を出たらもう宵の口だった。

「こういうときはもう少し早く呼んで」

テーブルの木目を睨む僕に、善足は頬杖をついて言った。

「ごめん」「俺は頼りにならない？」

刺すように問うてくる。何が気に入らないのだろう。

善足の隣に座っていた馬上が、割りこむように笑顔を作った。

「でも、本当に木村さんの言う通り。これは詠子さんの問題だよ」

馬上は前菜の大皿から、早速それぞれの分を取り分けた。僕たちは彼女の希望で入った、学生でも気軽に入れるイタリアンの店にいた。馬上がいるからか僕が落ち込んでいるからか、善足は酒を頼まなかった。

「ばあちゃん、ぼんやりしてるから……まずいと思う。大じいちゃんが倒れたときだって、五年ぶりに父さんに連絡寄越してきて……何もかも父さんがやるはめになったんだぞ」

「あぁ、あの人は家事以外できなそうな感じがしたね。典型的な昔の『奥さま』って感じ、庇護欲をそそる」

馬上は彼を白い目で見る。

「真久米さんって、あのくらい歳上でもありなの?」

「まさか。若いころは素敵な人だったんだろうけど、咲ちゃんのほうがいいな」

「香住くん、食べよ食べよ」

大蒜《にんにく》の香りも暖かい店内も、友人たちの気さくさも、すべてが僕を日常へ連れ戻そうとしていた。

「香住くん?」と馬上が僕の顔をもう一度見つめる。「え?」

彼女はじゃがいもを刺したフォークを僕の目の前に突き出してきた。オイルが滴り落ちそうだったので、反射的に口で受け取る。右の口角から伝う油の一滴を指先で拭うと、馬上が目を瞬いた。

「いいところにほくろあるんだね。今気付いた。一度意識するとけっこう印象的かも」

幾分か恥ずかしい気持ちで下を向いた。僕の口角には大きめのほくろがあるのだ。馬上のことを、直視できない。今度は善足が僕に白い目を向ける番だった。

店を出たあと、メトロへ降りる階段を探していた僕に、馬上が耳打ちした。

「本当に、考えすぎないほうがいい」

真っ直ぐな瞳の美しさに気圧されそうになる。街灯の暗がりで彼女のうなじがひときわ白んで、僕はそこから目を逸らす。

「ありがとう、馬上は優しいんだね」

「そんなことない、ただ心配なだけ」

真剣に心配してくれているのに、浮ついたことを想う自分に罪悪感を覚えた。

「じゃあね、また機会があったら」

「機会がなくてもちょくちょく会おうよ」と、馬上は屈託なく返した。

僕は帰り道が同じ方向の二人に背を向けて、急いで歩き出した。

「奈央？」

善足の小さな呟きには、振り向かないまま片手を上げるに留めた。

早く一人になりたかった。

落ち込んだのも、考えたいのも本当だったが、二人の言葉が耳をすり抜けて、あまり上手く会話できそうになかったから。

夜の街を遠回りした。頭の中の彼女の艶やかさが、ほどよく褪せていく感覚に安堵する。馬上のことは簡単にそういう目で見たくなかった。

思考を整理しながら歩く。

「気に病むことはない」という木村の言葉は計算だったのだろうか、逆に背中を押された気がする。だって僕の他に適任は誰もいない。僕以外に、誰もだ。

父のこともある。僕の心には、彼の密かな望みを叶えてやることで、返って負い目ができて息子を雑には扱えなくなるんじゃないかという打算もあった。このまま近くにいるよりも、自分から離れたほうが関係がよくなりはしないかという、一抹の期待。

理由はまだある。

病院で大じいちゃんから昔話を聞いたとき「詠子が姉さんを海へ葬った」なんて、不穏なことを口走っていたからだ。

彼の姉というと、「フランキンセンス」に出てきた不村久緒のことだ。繊細で物静かな、菊太郎がこの上もなく慕っていたという少女。

屋敷が全焼し、住人が離散したところまでしか手記には描かれていなかった。けれど彼らの人生はそのあとも続いたはずなのだ。

＊＊＊

電車の中から善足へ送ったメッセージに返信が来たのは翌日、予備校の一コマ目の途中だった。

二コマ目が始まる前にやってきた彼は、真っ直ぐに僕の隣に座る。

「眠そうだね。また夜更かしして」

「うん遊んでた。返信遅れてごめんね」彼は僕を見てニヤついた。「それより、調べることにしたって」

「決めたんだ。手伝って欲しい」

「いいよ」満足げに伏せられた目蓋の膨らみ。

昼休み、僕たちはコンビニのレジ袋を手に提げ、屋上へ上がった。

「そもそも『いしぶみ』というものが何か、知ってる?」

高い柵を背に、彼は問いかけてきた。

「石碑のことだろ。石に文字や絵が刻んである石版、っていう答えじゃだめ?」

「刻んであれば何でもそう呼ぶわけじゃないでしょう。書いてあることが大事なんだ。そうだな……その土地に関係する人物や事柄を、永久に忘れないようにするために、雨に濡れても風に吹かれても、簡単に消えてしまわない形で後世に残したもの。それがいしぶみ」

僕は貯水タンクの土台に座って惣菜パンを食べ始めたが、彼はフェンスに寄りかかったまま雲を目で追っていた。

「不村家のいしぶみ、あれは矛盾の塊だと思わないか?」

「何が?」

「絶対に忘れてはならない尊い犠牲なのに、同時に絶対に明らかにしてはいけない、というところがさ」

「……不村家の人間にとっては確かにいたけれど、何も知らない、死んだ子たちの家族や世間からすると初めからいないほうが都合のいい存在だったから、そうなったんだろ? 弱者やマイノリティっていうのは、当事者以外の人たちにとっては、いつだって『いない』ほうが楽なものなんだから……」

自分の皮肉ながら苦いものが喉に込み上げる。そうだね、と微笑む彼が、どうしてか寂しげな顔をしたように見えた。

「消えないようにと刻まれているのに、何の痕跡も残さずに消えることを望まれている。これこそが捻《い》れの原因じゃないかと俺は思う。まず、不村家に憑いたあわこさまと、その怪異について整理してみようか」

善足が凭れたフェンスが軋む。

「大じいちゃんの言うこと、どこまで本当かな……かなり荒唐無稽だったけど……」

「詠子が久緒と菊太郎を海へ葬った」話の詳細だって、とても本当のこととは思えなくて、彼の妄想なのではないかと何度も思った。

「何度訊き返しても話には一貫性があったんだろう?」

愛一郎は母の「きょうだい」のことも教えてくれた。母が双子だったなんて初めて知った。だけど父さんが頑なに語ろうとしなかったのも頷ける、あまりに信じがたい過去だった。

坏砂百合《さゆり》の〝残骸〟も、本当は不村家の庭に埋まっているのだという。

「認知症の老人ってのは、昔のことのほうがはっきり覚えてるものなんだよ」

どこまで人に話していいのか、という判断は鈍くなるようだけれどね。と、彼は目を伏せて、顎に指先を這わせた。

「不村家の歴史と、憑き神『あわこさま』の怪異の性質をまとめると、大体こうだ……。

その一、不村家の女たちは評判の産婆だったが、その実『間引き』をしていた。

その二、間引きを繰り返すうちに業が溜まって『あわこさま』という憑き神が生まれる。

その三、あわこさまは家に立ち入る『一族以外の健常者』を襲う……」

「うん。えっと……、わかっている限りでは、唐木《からき》という小学校教師。奉公人同士の子、菊太郎。

それから大学院生の坏砂百合という人が襲われている。坏は一九九七年に、実際に行方不明になっている」

その事件についてはよく知っていた。病気で死んだと聞かされていた母のことを初めてちゃんと知った小学校高学年のころ、すぐにネットで検索したからだ。

「その四、不村家はやむなく、奉公人に『異形』の人間だけ集めるようになる。

その五、一族にはよく躰の欠損した子が生まれるようになった。あわこさまが生まれる前に喰ってしまうから……。その子には何かしらの才気が与えられ『神がかり』と呼ばれる。愛一郎さんには多分、投資の才があったんだろう。不村家は零落しかけたが、それで再興している。コウさんは絶対記憶力や人心掌握などに長けていたらしい……と」

「うん。二人とも非常に早熟だったんだって」

「……その六、一般的な憑きもの筋とは違い、あわこさまは女に憑いて嫁入りと同時に他所の家に行くということはなく、ずっと土地に憑いたまま」

——以上。

と、善足はゆっくりとこちらへ歩いて来て、僕の隣で胡坐をかいた。

「『拡散しない』ってのは不幸中の幸いだな。あわこさまは正しくは『憑きもの』の類じゃないのかもしれない、とも思っていたけど……、こうして整理すると憑きもの筋によく見られる『呪いと恩恵』の二面性をちゃんと持っているね」

「二面性、っていうと？」

「憑きもの筋にも色々あるけど、基本形は似通っている。いずれも富や物、憎い相手への報復、といった恩恵を得る一方、下手をすれば自分たちが呪い殺されるリスクを負っているのがパターンだ。だから、上手く付き合っていければそれに越したことはないんだけど……」

善足は風に煽られた髪を軽く押さえる。

「……話を戻そう。あわこさまは間引かれた子どもたちに起因してはいるけれど……霊とイコールではなく、おそらくは業の集積から生まれた存在だろうということだ」

僕は膝を抱える。不村家は人々の幸せを信じて、嘘を重ねたのだろう。だからせめて自分たちだけは忘れてはならないと、あの碑を立てたのだろうか。

「ねぇ善足。あの碑は『記録』なんだろ？　どうして口で子孫に伝えるだけじゃなく、わざわざ形に残したんだろう」

「口伝だけじゃ消えてしまう可能性があるからじゃないの？」

「でも口伝が消えるときっていうのは『不村家が途絶えるとき』だろ？　そんなときが来たら、むしろ一族ごと秘密を葬れるじゃないか。だけど記録に残したって言うのはさ……」

僕が言う前に、彼も同じ考えに至ったようすで目を瞠った。

「……未来で誰かに読み解いて欲しかったってことじゃないのか？」

ひっきりなしに聞こえていた自動車の音に、アドトラックの流行歌が混じる。

「なるほどね……。いつか隠さなくていい時代が来ると、ご先祖さまたちは思っていたのかもしれない、ってことか」

時代が進めば医療は進歩する。価値観だって簡単に変わる。

「だからそのときが来たら、誰かが語り継げるように碑を立てたんじゃないかな。ねぇ、善足。こういうのって死んでいった子たちへの供養になるかな……？」

彼は軽く唸ったのち答えた。

「無念を伝える、存在していたことを遺すっていうのは、立派な敬意の払い方だと思うよ。怪談話をすることだって、そういう意味合いもあるっていうでしょう」

「そう、か……、遺す、か……」

彼はすっかりぬるくなった缶コーヒーのプルタブを開けて口をつけた。

「うまくないなぁ」

「善足、僕、なんとかやってみるよ」

うん？　と彼はわざとらしく訊き返す。

「昔のことをちゃんと知りたいって、気持ちはあったけど、それでどうしようってことまでは考えてなかったんだ。知ってどうにかできることでもないし。だけど僕にしかできないなら、養子縁組の話も考えてみようと思う。ばあちゃんのことも嫌いじゃないしね……」

顔を上げる。水の中から抜け出したかのように、呼吸が楽になっていた。

「善足は、ずっと考えてくれてたんだね。自分のことじゃないのにさ」

ありがとう、と頭を下げると、彼は僕を小突いた。

「なんだよ」

「いや、なんか眩しくて。たまに、奈央って俺のこと好きなんじゃないかと思っちゃうもん」

「はぁ？」

彼の放つ雰囲気に妙な気分にさせられることはあったので、僕は内心慌てた。

「何だよそれ、うぬぼれも大概にしなよ」

「よかった。俺も女の子のほうがいい。健康的な黒髪の女子大生とかいいよね」

お腹を押さえて笑う彼に、僕は何も言えずに溜息をつくのみだった。

彼と違って、裕福でもなく美しくもなく、口が達者なわけでもない。生まれてこの方、誰に触れたことも触れられたこともないという劣等感のせいで、そういうことばかり考えてしまうのかもしれない。自分には愛される価値がないからこんなままなのだと、ずっと思い続けている。まだ十九と大人は笑うだろうか。けれど若さという言葉で片づけるにはあまりに痛々しい欲求で、この先何年たっても尾を引くことなのだろうと予感していた。

馬上について、僕はどうしたらいいのかを相談してみようかとも思ったが、恥ずかしくてとても言い出せなかった。

＊＊＊

不村奈央になって一週間。

生活にさしたる変化はなく、書きなれない名前だけが宙に浮いていた。

僕は木村と初めて会ったときに教えてもらったメールアドレスに連絡を入れて、一つ、頼みごとをしていた。

夜比奈家跡地が今どうなっているかを調べて欲しいと。

善足が連れて来てくれた喫茶店は、ジャズのレコードが一階から響いてくるレトロな店だった。二階奥のアルコーヴのソファに僕と馬上は並んで座り、向かいのソファで彼は脚を組んでいる。

「奈央くんの考え、悪くないと思う。広く知ってもらう、って意義のあることだよ」

僕の名字が変わったのを機に馬上は、僕と、ついでに善足も下の名前で呼ぶようになっていた。

「でも、何をどうやってまとめればいいのか見当もつかないよ。それに、どうやったら人が見てくれるのか……」

「こういうのは考える前に始めたほうがいい。国語の勉強だと思いなよ。山永千宇にできたんだ。俺と奈央にやってやれないことはない」

善足はどこか楽しそうだった。僕は検索窓に「ブログ」「自費出版」「個人史」といった、単語を漫然と打ち込む。

「じゃあ僕は編集者をやるから、執筆は善足にまかせるよ」

「逆でしょ。当事者が書かないでどうするの」

「そうだよ。奈央くんのほうが文章のセンスありそうだし」

彼女はすっかり僕たちの間に馴染んでいた。もうずっと前からそうだったかのように。三人でいることがこの上もなく楽しい。大学に受かったら、今よりも頻繁に三人で集まれるんだと思うと勉強にも身が入った。

「馬上、適当なこと言ってない？　どうしてそうなるんだよ」

「二人からのメッセージを見比べれば一目瞭然じゃん。善足さん『すぐ着く』とか『今日無理』くらいしか書かないじゃない」

「駄目なの？　咲ちゃんもそんなもんじゃない」

僕は意外な想いで聞いていた。僕と馬上はよくメッセージで他愛ない雑談をして、些細なことをいくつも知り合っていた。

彼女は朝が弱いこと、コーヒーには角砂糖を二つとミルクを多めに入れること、それから夕立が降ったとき雨宿りをするのが好きなこと、雨が上がったあとのアスファルトの匂いは、もっと好きなこと。

「できたら一番に私に読ませて、約束」

馬上が僕の顔を覗きこんで言ったとき、狭いソファの上で彼女の小指の先が僕の小指に触れた。その手を握り返す勇気はなかった。

「わかったよ。仕方ないな」

「期待してるよ」と、馬上は僕を試すように笑う。

＊＊＊

最初に気がついたのは寝る前に歯を磨いているときだった。

右の口角の下、馬上に褒められたあのほくろが膨らんでいた。

まるで大きな面皰のように盛り上がっていたのだ。痛みはないので放っておいたが、日を追うごとにそれは固くなり、拡がって、一センチを超えたところで僕は病院へかかった。

けして珍しいことではないらしく、医者はようすを見ましょうと言った。あまり急に大きくなるようだったら皮膚癌の可能性もあるという。

だがほくろは急激に成長して疣《いぼ》になり、予備校で善足以外の人間にも訊かれるほど目立つようになった。表面は乾いた銀杏の実のようにかさついて罅割《ひびわ》れ、根元はアメーバ状に拡がって、ついにしみが顎まで覆った。

これらはわずかの間に進行し、僕はマスクが手放せなくなった。皮膚科で紹介状を貰い、愛一郎の入院している病院で様々な検査を受けたが、一般的な疣とは違うらしかった。

渋い顔で「原因不明」だと告げられたとき、得体の知れない気味の悪さがはっきりと形になったような気がした。

癌でも粉瘤でもない。痛みもない。放置してもすぐに健康に問題が出ることはなく、切除は簡単な手術でできるとのことだったので日程を決めて帰って来た。

手術は小一時間で終わる。傷は残るかも知れないけれど目立ちはしない。それから根元に広がった茶色いしみを取るのはまた別の皮膚移植手術が要るが、急ぐようなことではない——という。

心配されたくなかったので、久しぶりに会った父には医者が言うよりもずっと軽く聞こえるように伝えると、彼は一安心したようすで海外出張に出かけていった。


見舞いに来た善足と馬上は玄関のドアを開けた瞬間、マスクからはみ出た茶色い痣に目を疑ったようだった。

「なにこれ……、首まで真っ黒になってる……」

ほくろのあった場所だけではなく、まるで犬の鼻がいくつも生えてきたみたいにでこぼことした突起が増えていた。鏡を見るたび悲惨だとは思っていたが、他人に言われるとやはり応えた。初めて病院にかかってから二週間しか経っていなかった。

言葉を失った馬上を見かねて、僕は適当な買い物を言いつけた。彼女は骨が錆びたみたいな動きで、外へ取って返した。

「奈央……」

「いいんだ、僕だって馬上にはあんまり見られたくない」

そおっとマスクを外す。善足が眉間に皺を寄せて凝視する。

「痛みはないのか?」

「痛くはない。でも内側が引き攣れるみたいで、すごく、気持ちが悪いんだ」

手術の日はもうすぐだ。終わったら、ひとまずは安心できるはずだ。父が不在なので祖母に立会いを頼んだということを話すと、善足はその日の朝迎えに来て、病院まで送ると言ってくれた。

買い物から戻ってきた馬上が僕のいるリビングに入る前に、善足が廊下へ出て荷物を受け取った。珍しく彼女の弱気な声が聞こえてくる。元気付けようとする善足の声も。

それは自分に起きていることよりも、ずっと僕の胸を痛めた。

「奈央、今晩は一人で平気か？　やっぱり泊まろうか」

「大丈夫。それより、馬上を家まで送ってやって」

「……わかった」

大丈夫だ。己に言い聞かせる。

寝付けない夜が明ける。

しかし厭な予感は的中した。

翌朝、顔を洗おうと恐々覗いた鏡の中で、すべての疣の表面に裂け目が横に三本、逆三角形の頂点の位置に入っていた。短く横に並んで二つ、その下に長く一筋。

僕の見ている前で、短いほうの裂け目が一斉に開いた。

――全員と目が合った。

僕は大きく後ろに倒れ、這いつくばったまま頭を抱えた。肌の引き攣れが強くなる。

チャイムが鳴った。慄える躰を引きずって、エントランスのオートロックを解除して叫んだ。

「善足っ、助けて……！」

玄関を突進するように出た。廊下の途中でうずくまり、頬に爪を立てたら、皮膚の裡が呼吸しているような気がした。エレベーターの着いた音と同時に、彼が走ってくる靴音。触れている間も、指の下でそれらは蠢いていた。


本当に前回から四日しか経っていないのか？

診療部長だと名乗った白髪の男性は、担当医に怒りをぶつけるように尋ねた。

嬰児たちは目口を固く閉ざしている。

マフラーを顔に巻き、タクシーで病院に乗り付けた僕たちの元へ、ほどなく愛一郎の病室にいた祖母が下りてきた。外来の処置室で僕を見た彼女は、小さく息を飲んだ。善足は僕の背中をさすり「大丈夫だ」と静かに繰り返した。

やがて僕は予定していた数より多くなった検査を受けて、手術に臨んだ。しかし局部麻酔を打たれたかと思いきや、たったの数十分横になっていたのみで、ガーゼを貼られて、自分の脚で部屋を出させられた。医師も看護師もばたばたと動き回っている。僕はぼんやりとした頭で、手すりを摑みながらさっきの処置室に向かっていた。

廊下の先に、少女が肩かけ鞄の紐を握り締めて立っていた。馬上、と僕は呟く。見られたくはなかったのに、ほっとしてしまう。

疣が一斉に蠢いた。彼女が眉を顰めたのがわかった。そのとき「咲ちゃん」と背後から聞きなれた声がして、馬上は僕をすり抜けて小走りに駆けていった。振り返ると、驚きと戸惑いを浮かべた顔の善足と目が合った。

「奈央くんは？」縋るような声で、彼女は飛びついた善足の胸に両手を添えて、彼を見上げていた。

ほどなく彼女は善足の視線から、今しがた目を逸らした相手が僕だと気付いたようだった。ガーゼで顔が隠れているからわからなかったのだ。患部は酷いが、顔の半分は僕のままだ。しかし……。

「奈央くん……」

彼女は、ぱっと善足から離れる。

祖母が戻り、さっきと同じ場所で話し合いがなされた。善足は馬上に「君はここで待っていて」と言い残し、有無を言わせぬ力強さで僕と祖母の側についていてくれた。祖母が頼りないせいか、誰も彼が部外者であることには触れなかった。

「……手術ができないって、どうしてですか？」

善足は静かに尋ねた。

「表面を覆っているに過ぎなかった疣のね、中身が繊維化しているんです。開いてみたら、皮膚の奥深くに根を張るように伸びていて……」言葉を選びながら、担当医は嚙み砕いて説明した。

「こんな状態は見たことがないのですが、首の動脈や神経と複雑に絡まっているようでした。傷がついたら命に関わります。切除は困難かと……」

頭の中が空洞になったみたいに、みんなの声がすり抜けていった。祖母のわななく息遣い、善足が食い下がる声、医者たちの困惑と苛立ち。

うぞ、うぞと、メスを入れられた疣のひとつが苦しみ喘いでいた。

＊＊＊

僕の「人面瘡」――と善足は呼び始めた――はほくろのあった場所を起点に、右の鼻下から鎖骨にかけて拡がったところで進行を止めたようだった。

思えば病は、僕が不村姓になってから急に起こった。

父には話していない。祖母には「自分からきちんと話すから何も言うな」と強く言っておいたが、流石にそろそろ連絡を取ろうとするはずだ。隠しておけるのはそう長くはないだろう。

眠っているときに誰かの囁きがまどろみに滑り込んでくるようになった。一人ではなく、お喋りをする子どもたちのこそこそとした高い声。僕が目を覚ますと声はぴたりと消え去り、右頬が熱を帯びている。

洗面所と風呂場の鏡は新聞紙で覆った。けれど気付かないうちに侵食が再開するかもしれないことも人面瘡を見るのと同じくらい恐ろしい。

善足は足繁くマンションに通ってくれた。生活用品を買い出しに行ってくれて、予備校のプリントも届けてくれた。けれど、だんだん善足にも顔を見られるのが厭になって、包帯を首から目の下まで巻いて隠すようになった。彼のつるりとした美しい頰を見るたびに、彼女の笑顔も思い出してしまう。

「馬上は」ついにずっと訊けなかったことを口に出した。「どうしてる?」

ベッドの上で壁を向いて胎児のように丸まった僕には、善足のようすは窺い知れない。閉め切った部屋の中、衣擦れだけが手がかりだった。

彼はとても驚いたようすで「気になるの？」と言った。

「奈央って咲ちゃんにそっけないから、俺はてっきり……」

そっけなくなんかない。お前みたいに軟派じゃないだけだ。

病院の廊下で向けられた、眉を顰めた彼女の眼差しが脳裏にこびりついていた。この醜い疣のせいで、馬上は僕を避けるようになったのだろうか。それで……。

「呼ぼうか？」

「どうしてるかって訊いてるんだよ」

お前が呼んだら来るのかよ——。

咄嗟に頭に湧いた言葉が、右から子どもの声で聞こえた。

「え？」善足が訊き返してきた。

包帯の下を両手で押さえる。何に怒っているのか、何が恐いのかもわからなくなりそうだった。

「咲ちゃんは、奈央のことすごく心配してるし、来るなって言われて……落ち込んでいた。泣いてたよ」

やめてくれ、何でお前が彼女の泣き顔なんか知っているんだ。

嬰児たちが再びぶつぶつ言うので、僕は首筋に爪を立てた。

「ごめん、よく聞こえない。さっきからどうしたの？」

ベッドの端が沈んだ。壁を向いていた僕は半回転し、視界に天井が走る。

薄目の向こうで、悲痛な顔が影に沈んでいた。

「善足は、馬上と……」

「…………うん」

跳ね起きて部屋を出る。けれど行くところなどなく、フローリングを軋ませてリビングをうろうろとするしかなかった。彼が歩いて追いかけてきた。

「どうして、言ってくれなかったんだよ?」

「咲ちゃんが、言うなって……」

善足は膝を突いて頭を下げた。

「言うべきだった。ごめんなさい」

僕は目についた母の形見の飾り皿を掴み取り、投げつけようとして、やめた。

「帰れよ、……帰れ!」

善足は何度も「ごめん」と繰り返して、出て行った。


立ち上がれなくなってしまったのはきっと大袈裟でもわがままでもない。ただ眠り、ときおり目を覚まし、二度の日没を窓の外に見送った。

再び夜が訪れたとき、ようやく躰を起こした。巨大な満月を捉えるも、まばたきをするうちに滲んでいた視界が正しい像を結んだら、半月だったと気付く。あぁ、こういうことか。月は収縮と膨張を繰り返す。件の鼓動をようやく見ることができたが、それを語ってくれた相手はもういない。

僕は密かに善足が戻って来てくれることを期待していた。馬上が僕の強がりを押しのけて見舞いに来てくれることを、本当は望んでいたように。

翌朝、包帯を取り替え、帽子とマスクをして、タクシーで病院の祖母を訪ねた。

悪化した僕のかんばせを、彼女は恐る恐る見た。

「少しの間、宮城の家に住まわせてくれない？　ばあちゃん、しばらくこっちのマンションにいるんでしょう」

彼女は、他の病院を当たろう、とも言ってくれたが、それが無駄だということを悟っていないわけではあるまい。

急速に己の心が乾いていくのを感じた。

「お父さんはなんて言ってるの？　どういう理由にしたって、あなた一人遠くに住まわせるなんて……」

「――あんた、人殺したことあるんだって？」

部屋中が氷漬けになる。愛一郎の寝息だけが響いた。

祖母は黙って鍵をくれた。

臆病者だ。世間知らずのまま育った幸せなお嬢さん。一息に浮かんだ言葉にますます気が滅入る。誰も彼も否定したい気分だった。

「心配しないで、静かな田舎で少し気分を変えたいだけだから」

去り際、僕は愛一郎の耳元に唇を寄せた。このところは覚醒している時間のほうが短いらしかった。

「月の鼓動って、知っている？」

一度見てみるといい。ここからならきっとよく見える。晴れた夜に、裸眼でね……と僕は善足の言葉をなぞって教えた。老人は粘る滑舌で言った。

「月はぁ、嫌いだ」

深い皺の刻まれた目蓋が開かれる。

「歩こうとする、僕と菊を……嗤って、いた……」

＊＊＊

平日最終の東北新幹線で、不村家へ向かった。

包帯の下の歪んだ稜線は、思っていた以上の視線に曝された。僕は猫背になって壁際を歩く。子どもに指を指された。曲がり角で小さな悲鳴を飲み込む女性がいた。そう歳の変わらない若者たちに写真を撮られそうになった。

頼むから放っておいてくれ。すれ違う人々を呪いながら行く。

硝子に映る自分とぶつかりそうになったとき、心の臓が飛び跳ねた。

「あ……」

驚いて当然だ。そこに浮かび上がる自分は、白いガーゼと包帯で顔を覆いつくし、マフラーを巻いて、虚ろで醜悪な目付きをしていたのだから。

駅で拾ったタクシーで不村邸へ向かった。これからの生活を考えると痛い出費ではあったが電車には乗りたくない。平凡な住宅地の中に、急に長いコンクリート塀が現れて、外周に沿って行くと黒がねの門扉が現れた。一目でここだけ裕福な家だとわかる。

敷地に入ったとき、常温の油の中に踏み入ったような感触が皮膚を撫でた。

玄関のドアノブに触れると、力も入れていないのに勝手に開く。

「招いて、いるの……？」

戸締りされて久しい、籠った空気。気味が悪かったが他に行く当てもない。

築年数相応に古びていたが、中は綺麗に整頓されていた。古い家は物を溜め込みがちだけれど、おそらく祖母があの歳の人にしては珍しく、物を捨てることに抵抗がない人間だからだろう。

荷物を置いたのち、懐中電灯を持って庭へ出た。探そうとしなくても赤い実をぶら下げた白木蓮の樹々が目に入ってきた。白い花の咲く時期はどんな香りがするのだろう。肉厚の花弁をたくさんつけるらしいけれど、花には詳しくない。足元に、果たして碑はあった。

懐かしさを感じたのは錯覚だ。

集めたたくさんのエピソードが僕の中で美化されているから。

闇の中で、僕は目を瞑って手を合わせた。

――ぴちっ。

水の生き物が跳ねるような音がして、僕ははっと目を開く。

碑の、すぐ後ろから聞こえた。

しかし、懐中電灯を握りしめて裏側を覗き込んでみても、そこには何もなかった。


家の中にいるらしい「あわこさま」は、はっきりとは見えない。しかし意識していないときに限って家鳴りがしたり、勝手にテレビがついたり、水の跳ねる音がしたりする。

父からは何度も連絡が来ていたがすべて無視していた。僕自身、これからどうしたいのか解らない。ずっとここにいられるわけではないことは解っている。予備校の夏季休暇に、善足とアルバイトをして貯めた金もいつ底をつくか……と、回想しかけて、楽しかった思い出に蓋をする。

生活に必要なものは、東京にいたときと同じくすべてインターネット通販で取り寄せていた。

家事をする以外の時間は、キーボードを打って集めた話を文字に起こした。一日に数百字が限界で、まるで終わる気はしなかったけれど「これはあくまで暇つぶし、できなくてもいい」と言い聞かせて続けた。やることがないと、いよいよ狂ってしまいそうだったから。

溜まっていく着信履歴の通知を見ないで消去し、庭に来る野良猫たちにエサをやり、またパソコンに向かうことで一日が終わる。

ある日、ついに家のチャイムが鳴らされた。スペアキーで勝手に入ってこないことが少し意外だったが、ドアスコープで姿を確認してその理由が解った。

魚眼レンズに映し出されているのは木村さんだったのだ。病院で会ったときと同じ、時代錯誤な外套姿で立っている。

「依頼されていた件の報告に上がりました」

記憶を手繰り寄せるのに時間がかかった。

「あ、四国の……」

「ええ。夜比奈家跡地のことで」

何も直接来なくてよかったのに。いつまでも立たせているわけにもいかず、僕は急いで包帯を巻きなおし、マスクを着けて彼を家に上げた。

彼は僕を見ても眉一つ動かさず、「懐かしいお住まいです」などと、なんということもない雑談を振ってきた。

「懐かしい、ですか」

「ええ、最後に来たのはヨウさんが家出をした直後でした……」

返事をすると言葉が返ってくる。そのことに喉の奥が震えているのを気取られないよう息を止めた。あんなに人に会うのが厭だったのに、不思議なことにこの人が相手だと気がねしなかった。

僕はこんなにも人に飢えていたのか。

木村さんは現像したたくさんの写真を見せてくれた。

徳島の東側、太平洋上にある「酔島《えいしま》」という離島が、かつて夜比奈家のあった場所だった。一時期は漁業と炭鉱で栄え、ピーク時には島民の数も千人近くまで増えたのだという。一学年二十人程度の一クラスのみだが、公立の高校まであったそうだ。しかし炭鉱が閉山してからは住人は外へ流れ、昔から住んでいた漁師たちしか残らなかったという。

草木に飲まれた廃屋の写真の束を捲っていくと、暗い洞窟の画が現れた。

「これは？」

「海蝕洞《かいしょくどう》です。海に面した洞窟ですよ。岩壁に寄せた波に、徐々に浸食されて、ほら穴になったものです。この場所は、階段を掘って陸から入れるようにしてあります。もしや、この場所をご存知で」と木村は僕を見上げた。

つい言葉を詰まらせたが、別段隠す必要はないように思えた。

どころかこの人以外、誰に不村家の昏い秘密を打ち明けられよう。

——すべて語り終えると、木村は感慨深そうに、ぽつりと言った。

「あの人のやりそうなことですね」

「木村さんは、……いや、あなたの先代の方は、詠子ばあちゃんの若いころのことも知っているんですね」

「いいえ、違う人のことですよ。彼のことです」

木村は地図を取り出してローテーブルに広げた。

「……実は調べているうちに、面白いことが明らかになったのです。あの辺りの海では、季節によって大きな潮流が生まれるそうでして……」

ペンを取り出し、僕にわかりやすいよう地図に矢印を書き込んでいく。夏、あの海蝕洞から流れたものは太平洋沖の名もなき無人島に運ばれるらしかった。

「行ってみませんか？　その島へ」

彼は出し抜けに言った。

「……行くことができるんですか？」

「あなたさえよければ。手配しましょう」

代わり映えのしない孤独な暮らしが耐えがたくなっていたこともある。どこかへ出かけてみたい。木村と一緒なら、一人で歩くよりもどれだけ気が楽か。昼間の風や空が恋しくなっている身には魅力的な提案だった。

「でも、何のために……」

言いかけて気付く。

夏。詠子が最後の水葬をしたのは夏休み中ではないか。

「車と船なら用意できます。時間はかかりますが、新幹線よりそのほうがいいのでしょう？」

長い沈黙のあと、僕は下を向いたまま頷いた。

彼はあっという間に話を進めていき、最初からそのつもりだったのか、出発の日は明後日と決まった。

見送るとき、玄関で背中に問いかけた。

「あなたは何者なんですか？　木村家って一体……」

男は黄色い歯を細く覗かせた。

「不村に恩ある一族です。ただ書き損じて、頭が」と彼は空中に指で文字を書く。「抜けてしまっただけの」

「はぐらかさないでくださいよ」

「木村家の始祖は、先ほどの彼と同じような生まれの者でした」

「彼？」

「奉公人夫妻の間に生まれた子……」

外へ出た彼はおもむろに振り返り、深くお辞儀した。

「あわこさまの不興を買うゆえに屋敷に居続けることもできず、けれど慣れ親しんだ異界を抜け出すこともできず……『憑きもの筋の世話役』なんてことを始めた、酔狂の一族。私はその末裔なのです」

＊＊＊

木村が用意したのは彼自身の持つ自家用車だった。高速を乗り継いで、文字通り丸一日かけて徳島へ。ビジネスホテルに一泊し、早くから牟岐《むぎ》の港へ向かった。

船長と補助の、二人の船員が加わり古びたクルーザーへ乗り込む。事前に聞いていたのだろう。木村が雇った二人は顔を覆い隠した僕のほうを一切見なかった。

その無人島は、島と呼ぶにはあまりに小さく荒涼としていた。

ビルのような垂直の岩を中心に広がった裾野に、満ち潮の跡が層になって刻まれていた。てっぺんに取り残された裸木に海鳥が羽を休めにくる以外、生き物の気配はない。

船員を残して上陸した僕たちは外周に沿って歩き出した。見晴るかす水平線は陸に遮られることなく横一線に広がり、太陽だけが現実世界と繋がる最後の鎖のようにそこに在った。

砂浜にごみの打ち寄せられた一角があり、木村を置いて走り出した僕は入り江に溜まった漂流物を見下ろした。ポリタンクやペットボトル、投網や角材といった大きなごみの中、一際目立つものが座礁していた。

鋳割れ腐り、今にも朽ちそうな白木の小船。まさか、と思いつつ僕は指を差して木村に示す。さらに進んだ先で、例の垂直の岩場に横穴が開いているのを見つけた。

「あぁ、走っては……」

木村の制止を聞かず、尖った石に靴底を押されながら急いだ。

ここしかない、間違いない。

もしも息があったのなら。

「これは……」彼は懐中電灯で穴の中を照らした。

車庫ほどの広さの空間に二人分の人骨があった。

一人は枯れ草の上に敷いたぼろきれに仰向けになっていた。着ている和服から女だとわかった。

もう一人は壁に背を預けて手脚を投げ出している。こちらは何も身につけていなかった。目を凝らすと枯れ草の上に敷くために脱いだのだとわかった。男物の衣服だった。躊躇する僕を尻目に木村は中へ入っていき、壁に光の輪を巡らす。

「見てください」

岩壁の一角に白い円が浮かび上がる。

正正正一。

立ち上がった僕は気を取り直して一歩踏み入る。

「それじゃあ……彼は、半月くらいは……」

「いえ……彼だけではないようです」

壁の隅に、蓋のない空き缶が二つ、落ちていた。中腰になって手に取る。缶切りの切り跡が波打つ縁に目を止めた。どちらも円周が三分の一ほど、滑らかに整えられていた。僕は指先でそこをなぞる。きっと石で鑢《やすり》をかけたのだろう。削った部分は唇の幅に余りある。

「雨水でも飲むのに使ったのか……」

「二つ、ある……！」

僕は懐中電灯を奪い、女の頭蓋骨を傾けて後頭部を調べた。

骨には傷一つなかった。

「もしかして、致命傷じゃなかったのか……？」

「ひょっとしたら……、彼女は仮死状態だったのかもしれません。水葬されたあとに目を覚ましたとしたら……。あり得なくはない。そのあとも長くは生きなかったでしょうが……」

女が息絶えたあとも、彼はそこから見つめ続けていたのだろう。そうして、最期まで瞳に宿したまま……。

海原で女が目を覚ますところを、僕は想像した。

痛む頭を満たした想いは絶望か、恍惚か。

木村が地面に手を伸ばした。拾い上げたものは四角い紙かと思いきや、べらべらと伸びて、彼は「おっと」と両手で掬う。

「何です？　そのぼろい紙は……」

その本は全文カタカナで書かれた、絵本のようだった。ざらついた生成り色の厚紙には細かいしみが浮き、ややずれた多色刷りも褪せている。蛇腹に折りたたむと正方形になって、表の面が終わると裏返して続きを読む形だ。

タイトルには『ヤマモ、オトシ』と書いてあった。

「これは懐かしい。不村邸のある辺りに伝わる民話ですよ。ご存じですか？」


昔々、狐たちが山に一本だけあるヤマモモの木の実を取れずにいると、山の長《おさ》である大狐がやって来て、木を揺らして実を落としてくれた。

小さい実も落ちてきてしまったが、大狐は「埋めれば木になる」と言って、山の鼻つまみものだった醜い鴉に、埋めるよう命じた。

ある日、大狐が病で死んでしまう。大狐は死にぎわに鴉にこう言った。

「これからはお前がみんなのために実を落としておくれ」

鴉はくちばしで上手に食べごろの実だけを落としてやった。しかし地上から見えないのをいいことに、虫食いの実はつまみ食いするようになった。そんなこと知る由もない狐は「鴉のほうが上手に落とす」と言って、すっかり大狐のことを忘れて、鴉を持て囃した。

いつしか鴉は山の長になった。


おしまい、と木村は語り終えた。

洞窟の外へ出ると曇り空でも眩しかった。

「大丈夫ですか？」

「ええ」

あの二人の酷な最期に、僕は救いすら感じていた。馬上と僕は天地がひっくり返ってもこんなふうにはならない。

補助の船員が大きく手を振りながらやって来ていた。

「失礼します。奈央さん宛に、無線で伝言が……」

「僕に？」

僕がどこで何をしているかは、木村が父か詠子に教えておいたのだろう。僕は結局、彼らの庇護下にいるのだ。

「愛一郎さんという方が危篤だそうです。今夜が山だろうと」

どうしてこんなときに、と思わないでもなかったが、それ以上に僕は今まで感じたことのない焦りを覚えた。

「どうされます？」と彼はすでに船のほうへ足を向けながら尋ねた。

「戻りますよ、死に目に会えるかはわかりませんが……」

彼のあとに続こうとしたが足は惑う。

大じいちゃんは後悔を抱えたまま死ぬのか……？

僕は洞窟へ取って返し、二人の頭蓋骨を抱き上げて、脱いだコートで包んだ。足早に戻るとエンジンをふかしたクルーザーの前で木村が待っていた。

「急ぎましょう」

「いいのですか？　そんなものを持ち出して」

「構いませんよ。あなただって、今さら無人島で何十年も前の白骨死体を見つけたなんて通報したりはしないでしょう？　僕はただ、あの人に教えてあげなきゃいけないだけなんです」

「そうじゃありませんよ。二人を邪魔していいのかと訊いたんです」

「もう死体です」

「酷い人だ」

船は動き出した。


取り残された、と愛一郎は言っていた。

遠ざかる陸地を眺めながら、僕は馬上と善足が離れていったときの想いに、その言葉を重ねていた。だからこんなにも感情が揺さぶられるのかと気付く。

岸に着いてから、木村が走らせる車内で僕は言った。

「飛行機……には持ち込めないか、……なら新幹線だ。駅へ向かってください」

「公共の交通機関は使わないのでは？」

「間に合わないかもしれないんだ……！」

硝子に映る自分は、相変わらず醜かった。包帯をきつく巻いて目だけを覗かせ、顔の片側を大きく膨らませている。人々の目には一挙一動が恐ろしく、何を考えているのか解らない生き物に映るのだろう。

駅舎の中を歩くと人ごみが自然と割れていった。

一番早い東京行きの切符を買って貰った。木村は飛行機で先に行くというので別々に東京へ向かうことになった。不村家の当主の死に目は、僕の保護よりも大事らしい。

「着くころ、駅に迎えを寄越しますよ」

「…………いえ、他を当たります」

「ほお」

詳しくは訊いてこなかった。

木村と別れ、ホームに降りてから、僕は意を決して電話をかけた。

足の裏から恐怖が這い上がってくる。コール音一回ごとに、どっと汗が噴く。

「はい」

やがて、懐かしい声が答えた。

「…………善足」

長い沈黙。荒い呼吸に胸が上下していた。ホームに流線型の巨大な塊が滑り込む間際、僕はやっと声を振り絞れた。

「……助けて、くれ」

「いいよ」

轟音が駆け抜けた。

僕は泣きたい気持ちを抑えて立ち尽くしていた。

＊＊＊

早く、早く、早く……！

木村に借りたボストンバッグに仕舞った頭蓋骨を抱き締めて、通路側に背を向けていた。

東京駅のホームでは、事前に伝えていた号車の降り口に彼が立っていた。

窓硝子越しに向こうも僕を見つけたのがわかった。彼は以前と変わらない瞳をくれる。

慣れない構内を彼は先に立っていった。誰に憚ることもない足取りの後ろで、僕はただついて行くだけでよかった。


病室のドアを勢いよく引く。医者も含めた全員の視線が注がれた。

先についた木村と、詠子、父さん、そして馬上までいた。彼女は善足から訊いて駆けつけたのだろうか。

電子音に変換された心音が、ゆっくり、ゆっくり、響いていた。

——間に合った！

僕はみんなを掻き分けて、ボストンバッグから二つの頭蓋骨を取り出した。一緒に絵本も転がり出る。

「見て、見てよ、大じいちゃん。これ、あなたのお姉さんと菊太郎だよ。解る？」

愛一郎は最後に見たときよりずっと痩せていた。窓のほうへ向いていた黒目を寄こす。月を見ていたらしかった。

半月は彼の瞳の中で拍動しているのか。

「……生きてたんだよ！　酔島から流れ着いた先の無人島で、最期は二人きりで、一緒にいたんだ。だから——」

手記の続き、誰も知らなかった結末。

詠子の視た燐光と生霊。

何十年、想い続けていたのだろう。

海原で目を覚ました彼女が、彼を見上げてそっと微笑んだところが思い浮かんだ。

僕は泣いていた。言葉にならなかった。

愛一郎は、懐かしそうに、絵本へ手を伸ばそうとした。

――これ、ぼくが菊にあげたんだ。

呼吸器の下で唇がそう動いた。

彼の胸に二つの頭蓋骨を抱かせて、ベッドに両手をついた。ぼろぼろと落ちた雫が布団を濡らした。愛一郎は重そうな目蓋を一度大きく開いた。

――あぁ…………！

掠れた溜息。彼は頭蓋骨に腕を巻きつけ、ぎゅっと、両目を閉じた。

断続していた電子音が長い音に変わる。

医師が腕時計の時間を読み上げた。

詠子の嗚咽。木村は手を合わせ、父さんと馬上は静かに見下ろしている。

暖かく大きな手が、布団に突っ伏した僕の背をさすってくれた。

不村愛一郎は福々しい顔で、逝った。

＊＊＊

東北の冬は膚《はだ》を剝がすような寒さだった。

予備校はやめてしまった。人面瘡は進みも治りもしないが、あれから一度も動くことはない。

詠子はしばらく木村の元に身を寄せると言うので、僕は東北の家に住み続けた。あの人はきっと一人では暮らせないだろう。何とはなしに、このまま僕が家を譲り受けることになるんじゃないかという気がしていた。

碑を拝み、掃除をして、文章ソフトを立ち上げてパソコンに向かい、食べてまた机に向かうだけの生活。無人島に行く前と変わらないけれど、努めてそうしていたのは、他のことを考えたくないからだった。

急に馬上が姿を消した。木村も善足さえも行方を知らないという。

二つの頭蓋骨は不村邸の庭に埋めさせて貰うことになった。もちろん、届けも何も出してはいない。善足が遠いところをやってきて立ち会ってくれた。

埋葬を終え、元より泊っていく予定だった彼が家の敷居をまたいだ瞬間、あわこさまが天井から滴り落ちてきた。

「今の……」と彼が辺りを見回す。

「……善足、わかってると思うけど、家の中では僕のそばを離れないでね」

「そうか、これが……」

壁際の影に浮かぶあわこさまの顔は、僕に似ていた。いいや、僕から喰った部分で現れているのだった。

口元にほくろのある唇と、白い頬が、にいっと笑った。

善足はその夜、晩酌をしながら彼女のことを話し始めた。

「馬上とは、木村さんが病院に来た日……、二回目に会ったときだよ」

「そんなに、早く……？」

瘡蓋になった傷が疼くようだった。彼女は結婚相手候補の僕を見に来たって言ってたじゃないか。それなのに……。

「なんだよ、それ……。二人は、僕の奇病のせいで不安になって、支えあってるうちに、って思ってた……」

それ以上に馬上は、醜くなった僕に恐れをなしたのだと。そういえばあの日、店を出たあと、二人は帰る方向が同じだからと一緒に帰ったのだったか。

――眠そうだね。また夜更かしして
――うん遊んでた。返信遅れてごめんね
持て余した熱に浮かされて、僕が街を彷徨っていた夜に、二人は……。

馬上が何を考えているのかまったく解らなった。あの喫茶店で手と手が触れ合ったときは、すでに善足と深い仲だったなんて。

「あの子、奈央が思ってるような子じゃないよ」

彼は淡々と言った。

「俺とそうなったあとも奈央に思わせぶりなことを言い続けて……俺はからかうのやめてやれって、何度も言ったんだよ」

からかう、聞くだけで消えたくなるような言葉だ。

「そうやって大勢に好かれることが快感なんだよ。奈央も『この子は特別』ってちょっとした運命を感じていたんじゃないの？」

僕はどきっとして彼を見つめ返す。

「前に教えてくれたよね、初めて会ったときにどんな話をしたかって。考えてみたけど、あれやっぱり、からかってるよ。『置いてけぼりにされた子ども』なんて、いかにもちょっとひねくれた青春小説に出てきそうなセリフでさ」

酒のせいだけじゃない、躰が燃えるようだった。

「馬鹿に、すんなよ……」

「してないよ。純粋な人間を弄ぶやつのほうが馬鹿だ」

こちらが萎縮するほど真っ直ぐに、彼は言った。

「あまり馬上のことを悪く言うなよ。そんなふうに言うなら、善足はどうして付き合ったんだ?」

「俺、悪いけど付き合ってたつもりないよ。奈央も狙ってるようすがなかったし、誘われたから暇つぶしについていっちゃったんだよ。別にあの子が好きだったわけじゃない」

たとえば僕が善足に相談していたら、彼は馬上に手を出さなかったのだろうか。「ド淫乱だったよ」と付け足した彼に、僕は空になっていたチューハイのアルミ缶を投げつけた。馬上がいたときはこういうふざけ方はしなかったと、彼女が混じる前の自分たちがなんだか懐かしくなった。

彼が奔放だということは知っていたつもりだったけれど、本人がそれでいいなら好きにすればいいと思っていた。それで傷つく人間がいることなど、自分が当事者になるまで気が付かなかった。

馬上はどうだったんだろう。どこかで泣いては、いないだろうか。

「でも、さ……。僕は、人面瘡ができたから嫌われたわけじゃなかったんだね。最初から選ばれていなかったんだ」

「ああいう子は人に自慢できそうな男しか選ばないって。俺が来年医学生になると思ってたんだろ」

「だから、悪口言うな、って……」

口ごもり、下を向いた。

目頭を熱くしながら声を振り絞る。

「なんだよ、それで僕に気を遣ってるつもりかよ……」

彼女は僕が落ち込むに値する相手ではなかったと。そういうことにしたいのか。

僕は結局、自分が可愛くて傷つくリスクを取れなかったのだ。恥を掻きたくなくて、格好つけて、興味のないふりをすることばかり上手くなって。

それでも彼女のことは、本当に好きだったんだ。

＊＊＊

家系図と、年譜。一族の過去をメインに、僕が聞き知った話を、存命中の人物の名誉を傷つけそうなことは省いて書いた。加えて、それらの信憑性の独自検証も記す。

緊張しながら感想を尋ねたら、善足は「よく書けている」と言ってくれた。

「だけど、付け足すべきことがある」

善足は、本棚の隅に差していた「ヤマモモ落とし」の絵本を抜き取った。

彼が行きつけの古書店に絵本の写真を送って訊いてみたところ、どうやら絵本自体はそれほど珍しいものではなく、今はない出版社が昔に発行した、地方の民話シリーズの一つらしいとわかった。

この民話を扱った本は多くはないが、他の本でも話の筋に大した違いはないらしい。

「この話、フィクションとしても何を伝えたいのかが曖昧だと思わないか？」

「そう？　ずっと軽んじられていた鴉が実は一番有能だったたって話だろ？」

「へぇ、お前はそう解釈したのか」

善足は白刃のような笑みを浮かべた。

「識字率の高くない時代、伝承される民話は主に二種類ある。『出来のいいフィクション』と『本当にあった大事な話』この二つだ」

善足にはすでに一つの推論が立っているようだった。

「じゃあ、これはフィクション？　動物が喋ってるし、ヤマモモは東北には自生しない」

「そうじゃない。動物や物は置き換えてあるんだ。逆だよ。俺は、本当にあったことをなぞらえているんじゃないかと思った」

僕は絵本を広げて視線を落とす。

「虫食いの実を食べ続けて、食べごろの実を落とし続けた……。似たような話を聞いたことがないか？」

「まさか、間引きのこと……？」

「これは、きっとそのままでは語れない出来事の密かな記録、つまり、隠された歴史の隠喩なんだよ」

ここまで解れば僕にも想像は容易だった。僕たちは互いの考えを補完しながら、一つの推測を導き出した。

これは不村家のルーツではないかと。

ヤマモモの実は、赤子。山の動物はそれぞれ、山に住んでいた人間たち。

大勢いる狐たちが村人たちを表すのだとすれば、実を落とせる大狐は長。つまりリーダー格の者。

そして真っ黒な鼻つまみものの鴉……。命じられるままに働く、仲間外れの鴉。

物語では、狐の長が鴉に、小さい実の処理を命じる。

「不村家の祖先はもしかして……、最初は殺す役目だけを負っていたっていうの……?」

善足は深いため息をついた。

「殺生にかかわることは昔から忌み嫌われた。そういうことは昔から、身分の低い者たちに押し付けられたものだよ。そのくせ人々は、彼らを『穢れている』といって、もっと迫害するようになるっていう悪循環が起こる……」

だが大狐が死んだあと、転機が訪れた。

「きっと、狭い村の中で珍しいヤマモモを、お産を見られるやつがその『大狐』しかいなかったんだ。『鴉』は『狐たち』よりは詳しかったのかもしれない。だから大狐が急死したあと、みんな鴉を頼らざるを得なくなったが……」

「鴉は虫食いの実を、狐たちに気付かれないように食べてしまうように——殺してしまうように、なったのか……?」

やがて鴉は狐たちの信頼を得て、山の長になる。

「そうか、そうか」と善足が目をつむって呟いた。

「憑き神が生まれたのは、そういった経緯もあったのかもしれないな。不村一族だって聖人じゃない。リスクをとってでも豊かになりたい、他人の害意から守られたい……という想いが、あったんだ……そんな祈りのもとに、数えきれない業が重なって……」

共鳴した。

そう彼は言って、僕の頭に大きな手を置いた。

「なんだよそれ……」僕は顔を覆う。「哀しすぎるよ、そんなの」

やがて、僕はノートパソコンを立ち上げた。早速キーボードに指を走らせる僕を見て、彼は軽く笑った。

「コーヒー淹れなおしてこようか？」

「お願い」

そうして、ようやく一族史が完成した。

壁兎出版に頼んで三十部、刷ってもらった。苦労に反して、ページ数はそう多くはならなかった。

不村家は元地主の名家だからか、近くの図書館や郷土史料館、それから近隣の学校に問い合わせたら、半分ほどが寄贈の申し出を受けてくれた。父の元にも、恐々送ることにした。

彼は養子縁組を後悔していた。今からでも僕を不村家の人間でなくすれば、人面瘡が治るのではないか……と思ったようだが、おそらく意味はないだろうと、木村が止めた。

短い話し合いで、父は僕の隠居生活を認めてくれた。ただ父の死ぬまでには何かしら家でできる仕事を探し、きちんと貯金をすること、という条件付きだ。

そのあとにやっと、父はかねてからお付き合いのあった、子連れの女性――あの香水の人だ――と新しい家庭を持つに至ったのだった。僕は笑顔で父と別れた。

ばあちゃんは大じいちゃんの死後、心身ともに急速に老け込んだ。木村の世話になりながら療養生活をしていたが、半年もしないうちに亡くなってしまった。「あとを追うように」という言葉がふさわしい最期だった。

やがて木村が、馬上は連絡先を変えて引越しただけで、相変わらず都内の女子大に通い続けているということを突き止めてくれた。

本人の希望で新しい連絡先は教えられないと言われたので、僕は迷った末に、彼女の元へこの本を届けてくれないかと頼んだ。気が向いたら読んで欲しいという言伝も。

春には善足が仙台にある大学の医学部に合格した。都内の有名私立も受かったが、僕が心配でこちらへ来たと聞いて、申し訳ない気持ちと嬉しさがない混ぜになった。

彼の新学期が始まったころ、ぽつぽつと本に対する問い合わせのメールが来た。

郷土史研究家や、遠くの大学の先生や、心霊研究家なんて肩書きの人もいた。一族史は半分以上が捌《は》けて手元に残る本は十部くらいになった。

それを善足に面と向かって報告できたのは、随分あとになってからだった。

彼の借りたマンションからここまで車で片道五十分かかる。医学部は一年から忙しい。頻繁に通えるわけもなく、代わりに返されるメッセージには賑やかな単語が躍っていた。

授業、新歓、友達。面倒くさそうに語る声音と表情が容易に思い浮かべられたけれど、それらは全部、僕の手から滑り落ちていったものたちだった。

聞きたくないと思うのに、返信が来ないと何も手につかなくなってしまう。

新しい生活が、楽しくないはずないんじゃないか。

そのうち善足はここへ来なくなるんじゃないか。


いつの間にか庭の白木蓮は、咲殻をいくつか残すのみとなっていた。

相変わらず、壁や床の暗がりには、たまに片頬と唇が浮かび上がる。

「本、まだ余ってる。ねぇ善足。僕のやってることは、供養になってるのかな……」

開け放したテラスのほうへ呟いた。陽当たりのいい場所に腰を下ろして、彼は猫と遊んでいた。

二か月振りに見た背中はどこか遠い気がした。

僕はこの日を待ちわびて、家中を掃除して、善足の好きな酒を買い込んで、客用の布団をよく干していた。それに何日も費やして、時が過ぎていたことに気が付き、猛烈に恐くなった。善足は財布とスマートフォンだけ持って、履き潰したサンダルでマセラティに乗って、ふらりとやって来るのに。

「……聞いてる？」

「供養というか、憑き神はなくなりはしないって木村さんが言っていたでしょう。意味はあると思うけど、供養というより共存を目指したほうがいいと思う」

「共存……」

「狗神に、オサキ、イヅナ、管狐……いろんな動物の憑きものがあるけど、共通してるのは、『大事にしないと祟る』『大事にしていると幸福をもたらす』っていうところだ。だから、敬っていれば奈央を護ってくれるはずだよ。何か富ももたらしてくれるかもしれないしね」

と、楽しそうに振り返る。

本当だろうか。治らない頬に触れる。

「善足も、この家であわこさまの気配を感じるんだろ?」

「以前はね」

「以前って?」

「対策をしたんだ。あの手記を読み返したら、試してみたいことができたんだよ。現に、前に来たときに感じていた不気味な気配を、俺はもう感じていない」

「何言ってるの?」

彼は緩慢に立ち上がる。

「試してみようか?　俺がこの家屋の中で一人になっても、あわこさまに襲われないかどうか」

「だめだよ……!」

大声に猫が逃げる。

善足が部屋を横切り廊下へ出た。階段を上る足音を追いかける。

待ってよ、危ないよ……!　叫ぶ僕をからかうように、愛一郎の使っていた部屋のドアが閉まった。中から押さえているのか、ドアノブを乱暴に動かしても開かない。

「開けろよ!　何かあったらどうするんだよ」

急にドアを押さえる力が弱まり、勢いを緩めずに部屋へなだれ込んだ僕は、彼の胸に衝突する。抱き止めるように背中に触れた手は優しく、何度となく嗅いだことのある香りが鼻腔を抜けた。

僕は彼の身と、自分が一人になってしまうことと、どちらを恐れているのだろう。

「ほら、大丈夫だろ?」

あわこさまの気配は感じなかった。間近で見つめた彼の唇が開く。そこから、ぬらりとしたものが二本、伸ばされた。

思わずあとずさる足元が滑る。

普通に喋っているときは気が付かなかった。

「手記の中に、壺彦っていう少年が出て来たでしょう」

くねったそれは、ばら石英の色に似ていた。

「記述から察するに、彼は他の奉公人同様、あわこさまに襲われることはなかったみたいだ。でも彼は他の使用人たちと違って、後天的だったんだよ。つまりさ――」

彼の顔は逆光に沈んでいた。

「こうすれば、俺はこの家に出入り自由だし、お前がいないときにも上がってのんびり待っていられるかもしれないなって」

彼は二股に裂けた長い舌を伸ばす。

深く、付け根のぎりぎりまで切断されていた。見ているだけで自分の口の中まで痛い。

「なんで、なんで……?」

そこまでできる――?

「流石に、風呂とトイレにもついて来て貰わないといけないのは、不便だからね」

僕は、彼とこのまま疎遠になるのではないかと疑った自分を恥じた。

同時に、膝が慄えた。

＊＊＊

冬が戻ってきたかのように冷え込んだその日は、人通りも少なかった。

帰宅ラッシュが訪れる前に、住宅地をぐるり散歩する。

定年を迎えたばかりという風情の、ごま塩頭の男が柴犬を散歩させている。遠くに見える僕を捉えるなり、気にし出したのがわかった。僕は緊張を抑えて平然と歩く。ペースを乱さず、妙な動きをしない。目的地のある足取りで歩く。それが一番、人を恐がらせず、頭がまっとうに見える方法だと学んでいた。

民家の窓に自分が映る。首から目の下まで巻いた包帯にも随分と馴染んだ。マフラーとマスクで、包帯の異様さを少しでも和らげようとしているが、効果のほどは知れない。

いつも通る公園に足を踏み入れると、金属の軋む音がした。誰かがブランコを漕いでいる。

僕はその横顔に目を吸い寄せられた。

「――馬上！」

走り寄ると、彼女はブーツの靴底を地面に擦らせて止まった。

「久しぶり、奈央くん」

以前と何も変わらない、さっぱりとした微笑。桜色の唇と頬。綺麗な黒髪。まだ肌寒い東北の春にぴったりな、紺色のＰコートがよく似合っていた。

言葉に詰まる僕と対照的に、馬上はうろたえることなく僕を観察していた。

「今まで、どうしていたの……？」

彼女は腕を伸ばし、隣のブランコの鎖を揺らした。

「座ったら?」

「………」

「普通に大学行ってたよ」

僕は今まで、どこか世間一般の恋愛というものを斜に見ていた。やましいことを抜きにして、互いを特別視することを理想としていた。

それなのに今、隣の少女が善足に脚を開いたことばかり考えてしまう。たまらなく憎たらしい。初夏の風のようだった、彼女が。

「……急にいなくなった理由、知りたい?」

振り子の速度が緩むのに合わせて、彼女は言った。僕はもちろん頷く。

心臓が、ぎゅっと絞られる。

善足のことが好きだったの?

そう訊けたらどれだけいいか。好きだったと言われるのと、遊びだったと言われるのと、どちらが辛いだろう。

「病院で奈央くんの親戚のおじいさんが亡くなったとき以来だね」

「大じいさんが死んだときか」

「あれから、善足さんはどうしてるの?」

「医学部に受かって、街のほうで暮らしてるよ。しょっちゅう遊びに来てくれるんだ。二年になったら、もっと僕んちの近くに引っ越そうか、なんて言ってるくらいでさ、本当に勉強してるのかよって……」

馬上の横顔からは、何を思っているのか読み取れない。

「……そうだ、よかったらうちに来ない？　今日もそろそろ来るころなんだ、善足だって君のこと心配して――」

「ないよ」

地面の擦れる音と共にブランコが止まる。

酷く冷めた目で、馬上はこちらを見た。

「あの人、私のことなんてその辺の石ころくらいにしか思ってないよ」

今まで感じたことのないような、嫌悪……違う、敵意を感じた。

「おじいさんが亡くなったとき、奈央くんは必死で善足さんと病室に駆けつけたでしょ？」

頭蓋骨のことは訊かないでおいてあげる、と挟んで、彼女は空を見上げた。

寒いはずだ、季節外れの雪がちらついて来ていた。

「おじいさんが息を引き取ったあと、布団に突っ伏して泣く奈央くんの背中を善足さんはずっとさすってた。そのときどんな顔してたか、奈央くんはわからないよね」

馬上は片手で目蓋を覆い、笑った。

「それを見た瞬間、『あ、騙された』って思ったの。善足さんは、奈央くんが私に惹かれてたから、先に私に手を出したんだよ」

彼女の言葉は頭の中で意味を成さずに崩れていく。

「私に奈央くんを盗られたくなかったから……。心配しなくても、君みたいな人、好きになんかならないのにね」

僕が思いもしない言葉で、彼女は切りつけてきた。

善足がなんだって？

怒鳴りたいのに声が出ない。

――たまに、奈央って俺のこと好きなんじゃないかと思っちゃうもん。

馬上は膝に両肘を突き、手に顎を乗せた格好で上目遣いをした。厭になるほど可愛らしい顔をしていた。

「そんなわけだから、私はいなくなることにしたの」

彼女は立ち上がり、公園の出口へ歩いて行った。

「ごめんね、君の理想通りの女の子じゃなくって」

ブランコが音を立てて揺れていた。

吹雪になり始めたころ、薄っすらと積もった雪に足跡をつけながら公園を出た。

遠回りして長いこと歩き回った。

黒がねの門からポーチに入り、玄関ドアに手をつけて立ち尽くしていると、内側からドアが開いた。

「あぁ、お帰り」

善足が顔を出す。勉強用の眼鏡をかけていた。彼には少し前から合鍵を渡していた。

「どこ行ってたの？　今日行くって話しておいたのに」

微笑んで言いながら僕を中へ引き入れ、頭に積もった雪を払ってくれた。

玄関にぐったりと座り込むが、背中を向けているのが落ち着かなくて振り返った。

「何？」

「……僕さ、善足がいなくなったら本当に一人になるな……って」

「そんなことないでしょう。お父さんだっているんだし」

「もう新しい家庭があるんだ。甘えてられないよ。それに血の繋がりで支えあうのってほとんど義務みたいなものじゃん。赤の他人に受け入れてもらえなきゃ満たされないものだってあると思う」

彼はけだるそうに廊下の奥へ歩いていった。

「贅沢なやつだな。お前のお父さんいい人じゃない。うちの親父と交換して欲しいくらいだよ」

寝転がり、靴箱の扉についた細長い鏡を見やった。のろのろと包帯を取る。相変わらず気味の悪い嬰児たちの顔が水際の湿った砂利のように目を瞑っていた。

たとえこれが治ったところで、自分には誰も。

「馬上……」

彼女のことが胸にずっと突き刺さったまま。

誰もが当たり前のように、青春を享受して大人になれたことを憎みながら……。

「早く来なよ」

リビングから聞こえた声は、あまりに何気ない。

また一つ、指の隙間からすり抜けていく。

＊＊＊

あの白い花弁が散るのを見るのは、もう何回目になるだろう。

仕事部屋の窓を開けると草いきれがした。

築山を越えた向こうに旧《ふる》い碑があって、白木蓮の樹が囲むように植わっている。春には三日だけ空を侵した葩《はなびら》が、回りながら落ちて積もる。その腐るときの息遣い。

暇に飽かせて池には自分で水を引き直した。おかげでこの庭はいつも、水の匂いと音に満ちていた。

キーボードを叩いていると、表に車の止まる音が聞こえた。次いで、玄関の鍵を開ける音。

「ただいま」と彼が部屋のドアを開ける。当直明けなのにまるで眠そうに見えない。

「新刊買って来たよ、先生」

紙のカバーがかかった本を机の上に置かれた。

「買わなくていいって言ってるだろ……版元から貰うんだから」

強張った肩を回しながら机を離れ、カーペットの上に座りなおすと、彼も隣に膝を突いた。彼は僕の頬に手を触れて、人面瘡をじっと見た。

「……今日も変わらないだろ」

ぼやいたが、彼はなかなか返事をしない。やがて低い唸り声を返された。

あれから、善足は晴れて皮膚科医になり、僕は手遊びに文章を書き始め、小さな賞を獲って物書きになっていた。

インタビューの依頼が来たときに簡単に来歴を語ったところ、「顔面に腫瘍を持つ難病の覆面作家」と紹介されて話題になってしまい、通帳には見たこともない桁数のお金が入った。しかし二作目以降はぱっとしない。

誰かに見られているような気配を感じた。あわこさまは、姿こそ滅多に現さないものの、気配は柔らかい。

大事にできている、ということなのだろう。善足の言っていた〝共存〟というやつだ。僕が急に文才に目覚めたのも、その恩恵なのかもしれない。

閉じた目蓋を透かして、翳りを感じた。目を開く前に唇を食まれ、割れた舌になぞられる感触。こんなに醜い男のどこがいいのだろう。

何度交わしても同じ気持ちにはなれないことが哀しかった。慣れきった彼の肌に、匂いに、ただ生理的な快楽を見つけることが、気を紛らわす唯一の方法だった。

肩越しに見えた天井に小さな蜘蛛が這っていた。割れ物を抱えるように、ゆっくりと回された腕の長さが余る。

馬上のこともこんなふうに扱ったのだろうか。それとも、もっと雑に……？

僕のしていることは、彼が彼女にしたことと同じくらい卑しいことなのだろう。けれど、親友を失って耐えられるほど僕は強くはなかった。

孤独になるより、ましだった。

「奈央」囁きが耳をくすぐる。「厭ならそう言っていいんだよ」

僕はきつく抱き締め返す。

「厭なわけないよ」

肩口に顔を埋めてきた重い躰は動かない。吐息は、まるで泣いているかのようだった。

「厭なわけない。だから、ずっと側にいて欲しいんだ」

窓外に広がる庭は、午后の陽気に包まれて、どこまでも緑が輝いていた。

かつての悲劇など欠片も感じさせない。

けれど碑の回りに根付いた呪いは、完全に消え去ることはない。

この先も碑を守るには、不村の子孫が必要なのだろうか。

僕の血を受け継ぐ者が。

「あのさ、善足。あと何十年か経ったら――」

――人工授精や代理母といったものは、今よりも一般的になるだろうか？

「何？」

「いや、なんでもないよ……」

冷たい指先が肋骨を這う。

今でも彼女のことを夢に見ることがある。

馬上、馬上、馬上。

君を抱き締めてみたかった。


昼間は苦手だ。

自分以外のすべての人間が、真っ当に生きているような気がして。

目を伏せる。

力を抜く。

躰の芯が拍動する。

まるで近視の裸眼で捉えた月のように滲んで、ほどけ。

「……好きだよ、善足」

呪いに絡められたまま、僕の一族は続いていくのだ。

――二〇三二年　初夏

宮城県某市某村、不村邸にて

うたかた

「おや」

水の音がした。

窓の外に見える碑《いしぶみ》に視線を向けた私に、不村家の現当主は首を傾げる。

「何か？」

「聞こえませんでしたか？」

ぴちっ、とまた水の跳ねる音。

彼と、隣のソファに座る奥方は不思議そうに顔を見合わせた。彼女の目元の柔らかさには、昔写真で見た不村奈央《ふむらなお》を思わせるものがあった。

今の時代に、入り婿が家督を継ぐとは古風な話だ。しかし、ずっと下を向いた彼女の陰気なようすを見るに、やむを得ないことだったのだろうと察せられた。

木村《きむら》家の担っていた仲介という役目は、もう過去の遺物と化していた。

「で？　木村さん。そのあわこさまというものが、うちに取り憑いていると……？」

「左様にございます」

「そういった話は先代から聞いています。ついに噂のあなたにお目にかかれるとは」

夫婦は突然現れた怪しげな男に、不信感を隠そうともしなかった。

「だけど、まさかねぇ……！　いや、失礼失礼。私は霊感がないみたいで。ユーレイとか正直信じていないんですよね。その憑きものっていうのも、初めて聞きましたし」

当主はことさらに面白がって見せた。

「昔の話でしょう？　怪談話の一つや二つ、どこの旧家にだってありますよ。こうして家も綺麗に建て替えましたし。別にあの碑を壊そうってんじゃないですよ、ちゃんとお寺さんを呼んで、移築するんです」

　これはよろしくない。

　庭で遊んでいた彼の娘が、視界を横切って走っていった。

　少女はまっすぐに碑の裏へ消える。

「りぃちゃん……！」と奥方が悲鳴に似た声を上げた。

　彼女は網戸を開けて、慌てて駆け出していく。やがて娘は碑の陰からほとほと歩いて来て、無邪気に「ママ」と呼んだ。

　両手を合わせて、何かを掬うような形にしている。

「ママ、この子たちね、あわになっちゃったのよ」

「りぃちゃん、もうお手てを洗って、おやつにしましょうね」

　娘を抱っこした彼女が部屋に戻ってきて、サッシの鍵をかけた。

　けれど硝子などないかのように、水音ははっきりと鳴った。

　少女は母親の肩越しに碑を見ている。

「あわだから、流されちゃうの……」

　唐突に着信音が響いた。

「失礼、仕事の電話みたいです」

　一言断って、当主は廊下に出ていった。

　部屋の中が静まり返る。娘を揺らしながら歩く彼女に、私は言った。

「奥さん……、聞こえてますね？」

「………何が、です？」

彼女はこちらを見ずに、慄える声で答えた。


——ぴちっ。


「油断しては、いけない。上手く共存しなければ」

音は、碑の裏から聞こえてきた。ドアの隙間から黒い靄が流れてくる。

——ぴしゃっ。

不村の家は水憑きの家。

泡と流された幾多の命が、護り呪う憑き神の。

「いなくなることは、けっしてないのですから——」


どこまでもどこまでも、続く。

——二〇＊＊年　春
宮城県某市某村、不村邸にて

本書はフィクションであり、実在の場所、団体、個人等とは一切関係ありません。

また今日の観点からすると差別的ととられかねない表現が含まれていますが、差別の助長を意図したものでは一切ございません。何卒ご理解いただけますようお願い申し上げます。

本書は書き下ろしです

彩藤アザミ（さいどう・あざみ）
1989（平成元）年岩手県生れ。2014（平成26）年『サナキの森』で新潮ミステリー大賞を受賞しデビュー。他の著作に『樹液少女』『昭和少女探偵團』『謎が解けたら、ごきげんよう』がある。

不村家奇譚《ふむらけきたん》—ある憑《つ》きもの一族《いちぞく》の年代記《ねんだいき》—

著　者／彩藤《さいどう》アザミ
＊

発　行／2021年11月30日
2　刷／2022年 4 月15日

発行者／佐藤隆信
発行所／株式会社新潮社
郵便番号 162-8711　東京都新宿区矢来町71
電話：編集部03(3266)5411・読者係03(3266)5111
https://www.shinchosha.co.jp

装　幀／新潮社装幀室
＊
印刷所／株式会社光邦
製本所／大口製本印刷株式会社
＊

ISBN978-4-10-338013-9　C0093

樹液少女　彩藤アザミ

失踪した妹を捜す男が迷い込んだのは、磁器人形《ビスクドール》作家の奇妙な王国。雪に閉ざされた山荘で繰り広げられる復讐と耽美のゴシック・ミステリ。

雷神　道尾秀介

ある〝善良〟な家族に隠された壮絶な過去とは。そして、縺れ絡み合う因果と殺意の記憶は、やがて衝撃の真相を浮かび上がらせる。道尾ミステリ史上、最強の破壊力！

灼熱　葉真中顕

「日本は戦争に勝った！」——戦後ブラジルの日本移民を二分した「勝ち負け抗争」。親友を引き裂き、人々を駆り立てた熱の正体とは。分断が進む現代に問う傑作巨篇！

果ての海　花房観音

埼玉県内で経営者の男性の遺体が発見されました。警察は、内縁関係にあった女の行方を追っています——。顔を変え、新しい名前を手に入れた女の向かう先は。

邯鄲の島遥かなり（上）　貫井徳郎

神生島——それは百五十年の時を映す不思議な鏡。明治維新から「あの日」の先までを、多彩な十七の物語がプリズムのように映し出す。渾身の大河小説、全三巻。

神よ憐れみたまえ　小池真理子

私の人生は何度も塗り替えられた、死別と喪失とともに。最愛の伴侶を看取り、苦難を経た著者だから描けた別離と生。十年かけて紡がれた畢生の書下し長篇小説。

ボダ子　赤松利市

愛する娘はボーダーだった！　事業が破綻し、土木作業員へと転身。破滅の道へと突き進むなか、震災ビジネスに縋った男の末路とは。最注目作家が放つ、圧倒的問題作！

死神の棋譜　奥泉　光

名人戦の日に不詰めの図式を拾った男が姿を消した。幻の棋道会、地下神殿の対局、美しい女流二段、盤上の磐、そして死神の棋譜とは――。前代未聞の将棋ミステリ。

首里の馬　高山羽根子

この島のできる限りの情報が、いつか全世界の真実と接続するように――。世界が変貌し続ける今、しずかな祈りが切実に胸にせまる感動作。〈芥川賞受賞〉

湖の女たち　吉田修一

百歳の男が殺された。謎が広がり深まる中、刑事と容疑者だった男と女は離れられなくなっていく――。吉田修一史上「最悪の罪」と対峙する、衝撃の犯罪ミステリ。

鏡影劇場　逢坂　剛

古本屋で手に入れた文豪ホフマンにまつわる謎めいた報告書。その解読を進めると、現代の日本にまで繋がる奇妙な因縁が浮かび上がる。ビブリオ・ミステリー巨編。

迷子のままで　天童荒太

津波で失われたはずのノート。行方不明だった少年からの伝言。そこからは強いメッセージが発信されていた。僕たちは迷子のままではいられないんだ――。心に沁みる再生の歌二編。